AF239496

Angelika Leonhardt

Selbst Schuld?

Oder muss ich meinen Tätern vergeben?

Mit herzlichem Dank an den besten Ehemann der Welt und meinen Kindern Natascha, Jasmin und Madeleine, die mich jeden Tag stolz und glücklich auf meine kleine Familie machen.

Im Andenken an Dominique.

Inhalt

Vorwort

Dies ist ein Roman:

Alle Personen und Handlungen sind frei erfunden.

Prolog

Es war morgens, kurz nach sieben Uhr. Anna stieg vor dem grossen grauen Geschäftsgebäude, in dem sich auf ihr Büro befand, aus dem Auto, schloss die Fahrertür und entschied mit einem Blick in den blauen Himmel, vor der Arbeit noch ein wenig im nahegelegenen Wald spazieren zu gehen. Es dämmerte in einen wunderschönen sonnigen Tag hinein. Auf den Feldern lag noch Raureif, der Bach plätscherte friedlich vor sich hin und die grünen Baumwipfel rauschten leise im Frühlingswind. Vögel zwitscherten ihr Morgenlied. Annas Schritte knirschten bei jedem Schritt im Kies des Waldwegs. Nichts störte äusserlich die Ruhe und den Frieden in dieser Idylle.

Doch innerlich hatte Anna keine Ruhe. Sie dachte an die vielen Unterlagen auf ihrem Schreibtisch, an die vielen Mails in ihrem Posteingang und an die vielen Aufgaben, die sie noch für ihren Vorgesetzten erledigen musste. Anna war längst klar, dass sie die Aufträge nicht mehr rechtzeitig erledigen konnte, aber sie wollte es sich nicht eingestehen. Anna wollte es schaffen, nein: sie musste es schaffen! Denn alles andere hätte Versagen bedeutet, und versagt hatte Anna schon so oft in ihrem Leben. So oft wurde ihr schon gekündigt, weil sie Aufgaben nicht innerhalb der rechten Zeit erledigt bekam oder etwas Wichtiges vergessen hatte. Sie wollte nicht nochmals versagen. Alles, nur diese Peinlichkeit nicht...

Der Druck in Anna wurde immer grösser. Er nahm ihr die Luft zum Atmen und sie wurde so verzweifelt, dass sie nur noch einen Ausweg sah, um aus diesem Schlamassel heraus zu kommen: sich umzubringen! Anna lief an den Bäumen vorbei, doch sie hatte kein Seil dabei, mit dem sie sich hätte erhängen können. Sie ging über die Brücke, doch diese war nicht hoch genug, um bei einem Sprung sicher tot zu sein. Anna riss sich ihren Rucksack vom Rücken, den Reissverschluss auf und suchte krampfhaft nach einem Messer, um sich die Pulsadern aufzuschneiden. Normalerweise hatte sie immer ein Sackmesser dabei, doch ausgerechnet an diesem Tag natürlich nicht. Es war typisch: Selbst für einen Selbstmord war sie zu blöd!

Also kehrte Anna um und ging, als ob nichts gewesen wäre, in ihr Büro zurück. Niemand merkte ihr dort etwas an. Wenn sie etwas gut konnte, war es schauspielern. Ihre fröhliche Maske, die allen zeigen sollte, dass es ihr gut ging und sie alles perfekt im Griff hatte, trug Anna natürlich! Sie lächelte ihre Kolleginnen wie immer freundlich an, während sie zu ihrem Schreibtisch ging und ihren PC einschaltete. Sie nahm sich eine Akte vom Schreibtisch und tippte die Daten in den PC ein. Sie konnte sich überraschenderweise gut konzentrieren. Plötzlich kam eine Kollegin auf sie zu und bat sie, ihr kurz bei der Vorbereitung für ihr Abschieds-Apéro zu helfen. Sie wollte Kanapees anbieten und Anna sollte ihr dabei helfen, damit sie rechtzeitig mit Schmieren fertig wurde. Selbstverständlich sagte Anna sofort zu. Sie konnte nie jemandem eine Bitte abschlagen! Doch als sie in der Küche das Brotmesser sah, setzte ihr Verstand aus. Da hatte sie vorher so verzweifelt ein Messer gesucht, und nun lag eines direkt vor ihren Augen und wartete nur darauf, dass sie es benutzte. Jetzt wurde sie jedoch durch ihre Kollegin gestört, welche sie schon ganz komisch von der Seite ansah. Sie hätte ja doch keine Chance, sich hier damit umzubringen. Die Kollegen würden Anna sofort in ein Krankenhaus einliefern, sie würde den Versuch überleben und müsste dann mit der Scham eines missglückten Selbstmordes weiterleben. Nein, danke! Anna nahm mit zitternder Hand das Messer in die Hand und begann die Brotscheiben mit Butter zu beschmieren. Doch als ihre Kollegin kurz auf das WC ging, nutzte sie die Chance und ritzte sich mit dem Messer ein wenig in die Hand. Sie stellte überrascht fest, dass es nicht einmal wehtat. Plötzlich stand die Kollegin wieder neben ihr in der Küche und fragte besorgt „Anna, alles klar? Du bist total blass... Geht es dir nicht gut?" Anna schüttelte den Kopf. Die Kollegin riet ihr, besser nach Hause zu fahren und bot ihr an, dem Chef gleich Bescheid zu sagen.

Dankbar nahm Anna das Angebot an, schnappte sich ihre Jacke und ging zum Auto. Sie hatte grosse Mühe, mit dem Auto nach Hause zu fahren ohne dem Druck, einfach in einen LKW oder die Leitplanke zu fahren, nachzugeben. Anna war nicht mehr sie selbst, sie hatte keine Lebensfreude mehr, spürte sich nicht mehr und hatte nur noch den Wunsch nach Ruhe. Sie wollte nur noch sterben und dieses Scheissleben endlich hinter sich lassen.

Anna betete zu Gott „Lieber Gott, bitte, ich kann nicht mehr, es ist genug: Lass mich bitte sterben! Amen."

Teil I: Annas Kindheit

Die kleine Anna

Anna war mit drei Jahren das jüngste der vier Kinder der
Lehrerfamilie Baruti. Ihre Mutter, eine hübsche, adrette Frau
von Mitte vierzig, war seit der Geburt ihres ersten Sohnes
Marduk zuhause geblieben und widmete sich der Hausarbeit.
Barutis Haus war ein kleines, aber gepflegtes älteres
Einfamilienhaus mit einem alten verwilderten Garten. Marduk
war 6 Jahre älter als Anna und ein rundlicher
Sonnenscheinbub mit kurzen braunen Stoppelhaaren. Zwei
Jahre später wurden die Zwillinge Levi und Jonathan geboren,
beide waren blauäugig und schlank und hatten dünne blonde
Haare. Anna war nicht geplant und wäre beinahe während
der Geburt gestorben, weil sie im Geburtskanal stecken blieb
und mit der Zange gehpolt werden musste. Dabei wurde sie
am Kopf schwer verletzt und musste notfallmässig in die
Kinderklinik eingeliefert und dort medizinisch versorgt
werden. Auch später blieb sie immer dünn, blass und anfällig
für Krankheiten. Bis zu ihrem dritten Lebensjahr kümmerte
sich ihre Mutter rührend im ihr „Sorgenkind" und Anna wurde
auch von ihren grossen Brüdern verhätschelt und verwöhnt.
Ihr Vater war als Lehrer viel zuhause und während er Arbeiten
seiner Schüler korrigierte, sass sie oft auf seinem Schoss und
malte nebenbei…

An einem Freitag kurz vor Weihnachten klingelte das Telefon und beendete das Familienglück jäh, als das Krankenhaus Frau Baruti mitteilte, dass ihr Mann auf dem Heimweg von der Schule nach Hause auf der glatten Fahrbahn abgerutscht und eine Böschung hinuntergerutscht sei. Das Auto sei am Ende des Hanges an einem Baum in zwei Teile zerschellt, und ihr Mann sei auf der Stelle tot gewesen.

Nun musste sich Annas Mutter um ihre vier Kinder alleine kümmern, da ihre eigenen Eltern bereits verstorben waren und ihre Schwiegereltern mittlerweile bei ihrer Schwägerin in Amerika wohnten. Sie war daher sehr froh, dass ihr der katholische Pastor anbot, die kleine Dreizimmerwohnung oberhalb der Gemeindeverwaltung zu beziehen und ihm dafür bei der Büroarbeit für die katholische Gemeinde zu helfen. Um genügend Geld für die Lebensmittel der fünfköpfigen Familie zu verdienen, arbeitete sie zudem jeden Abend in der Dorfkneipe „zum Bären", während die drei grösseren Brüder auf Anna aufpassten...

In der Dreizimmerwohnung wohnte Marduk mit Levi zusammen in einem Zimmer, während Jonathan und Anna sich das andere Zimmer teilten. Das dritte Zimmer war das Wohnzimmer, in welchem die Mutter nachts nach der Arbeit in der Kneipe auf dem Sofa schlief. Morgens weckte meist Marduk die Geschwister, damit die Mutter ausschlafen konnte. Meistens zogen sich die Geschwister nur an und gingen ohne Frühstück aus dem Haus, da der Kühlschrank ohnehin meist leer war. Manchmal klaute Marduk noch aus dem Portemonnaie seiner Mutter ihr Trinkgeld. An diesen Tagen war Festtag für die Kinder, denn dann konnten sie sich beim Bäcker Brötchen holen. Konnte Marduk jedoch kein Geld finden, mussten sie hungrig in der Schule bis zum Mittagessen aushalten. Meistens trug Anna die alte Kleidung ihrer grossen Brüder auf und wurde dafür oft von ihren Mitschülern gehänselt... Zudem war sie oft zu hungrig und müde für den Unterricht und wurde ausgelacht, wenn sie falsche Antworten gab.

Nach der Schule gingen die Kinder nach Hause, wobei Anna immer einen anderen Weg hatte als die grossen Brüder. Da Anna in ihren abgetragenen Bubenkleidern oft von anderen Kindern ausgelacht wurde, wollten die drei Jungen nicht mit ihrer hässlichen kleinen Schwester gesehen werden.

Meistens gab es etwas zu Essen, wenn die Kinder nach Hause kamen. Da die Mutter immer sowohl für ihre Familie als auch für den Dorfpfarrer kochte, gab es an den Wochentagen immer etwas Warmes. Danach erledigte die Mutter die Büroarbeit für den Pastor, während Anna meistens ganz still neben ihr sass und Hausaufgaben machte oder ein Buch las. Die drei Jungen hingegen gingen meistens schnell mit ihrem Fussball und ihren Freunden auf den nahen Sportplatz. Gegen fünf machte sich die Mutter meistens auf den Weg zur Arbeit in die Kneipe. Oft genug waren die Brüder dann noch nicht zurück, und so musste Anna eben alleine bleiben. Anna hatte meistens Angst und weinte, bis ihre Brüder wiederkamen. Diese lachten sie dann aus und ärgerten sie, wo sie nur konnten. Sie brachen ihrer Puppe die Arme heraus und schnitten ihnen die Haare ab und kritzelten in ihre Schulbücher oder rissen Seiten heraus. Beschwerte sie sich bei ihrer Mutter, sagte diese nur „Ach, mache mir doch nicht immer nur Sorgen. Höre halt besser auf deine grossen Brüder, sie sind deine Chefs, wenn ich nicht da bin!" Ihrer Lehrerin musste sie erzählen, sie hätte die Seiten selbst ausgerissen, damit die Lehrerin nicht mitbekam, dass Anna jeden Abend mit ihren Brüdern alleine zuhause war.

Meistens musste Anna bald ins Bett, damit die Jungen in Ruhe fernsehen schauen konnten. Wenn sie sich dagegen wehrte, schlugen ihre Brüder sie und schubsten sie gewaltsam in ihr Bett, um anschliessend die Türe zuzuschliessen. Und ihre Mutter war jeden Abend froh, wenn sie nach Hause kam und Anna friedlich schlafend in ihrem Bett wähnte. Dass Anna jedoch meistens zitternd unter der Bettdecke lag oder von grausamen Monstern träumte, kam ihrer Mutter nicht in den Sinn, wenn sie sich nach der harten Arbeit in der Kneipe auf das Sofa kämpfte.

Samstags konnte die Mutter ein wenig ausschlafen. Meistens schickte sie die Jungen zum Einkauf, während ihr Anna helfen musste, die Wohnung zu putzen. Schliesslich war sie ja ein Mädchen. Mittags kochte die Mutter wieder für den Pastor und die Familie. Während die Mutter samstagabends wieder zur Kneipe ging, blieb meistens der Pastor bei den Kindern. Die Mutter war sehr froh, dass sie wenigstens an dem Abend einen erwachsenen Betreuer für ihre Kinder. Zuerst schickte er die Jungen zum Duschen, während Anna die Küche aufräumen musste. Danach duschte er Anna. Anna wäre es lieber gewesen, sie hätte auch alleine duschen dürfen, denn der Pastor war ziemlich grob dabei. Doch als ihren Wunsch den Brüdern mitteilte, schärften diese ihr ein, sie solle ja alles tun, was der Pastor von ihr möchte, damit er ihrer Mutter nicht die Wohnung und Arbeit kündigen würde, sonst müssten sie auf der Strasse schlafen! Also hielt sie die zynischen Blicke des Pastors aus, wenn sie sich vor seinen Augen auszog. Sie ertrug, wenn er sie abtastete mit den Worten „ich muss doch schauen, ob alles okay ist, ihr könnt euch ja keinen Arzt leisten, also untersuche ich dich eben."

Er begrapschte sie dabei derb an ihren Busen und rieb ihr mit einem Waschlappen zwischen den Schenkeln bis es rot leuchtete. Wenn ihr Tränen in die Augen stiegen vor Schmerz, rieb er nur noch stärker und bläffte sie an „Mensch, Anna, stell dich doch nicht so an, ich wasche dich doch nur. Schau einmal, wie dreckig du da unten bist, das muss ich waschen, sonst stinkst du da und das willst du doch nicht, oder?".

Den ganzen Körper rieb er ihr mit dem rauhen Waschlappen und viel Seife ab. Unter den Achseln rubbelte er, bis sie rot wurde. Die Zehen riss er ihr auseinander, um dazwischen den Schmutz herauszuwaschen. Er reinigte sie mit dem

Waschlappen zwischen den Pobacken und wehe, es war
hinterher eine braune Spur dran, dann hielt er ihr diese
angeekelt vor die Nase: „Anna, was um Himmels willen ist das
denn? Wie alt bist? Und machst immer noch in die Hose? Soll
ich das deiner Mutter sagen?" Natürlich wollte Anna das auf
keinen Fall und schüttelte beschämt den Kopf. Der Pastor
sagte dann zufrieden „Gut, Anna, dann höre jetzt sofort auf
zu weinen, dann werde ich dich nicht verpetzen. Aber dass ich
doch so gut sauber machen muss, wirst du sicherlich
einsehen". Anna biss die Zähne zusammen und nickte. Er
scheuerte weiter mit seinem Waschlappen und liess hinterher
heisses Wasser über ihren Körper laufen, bis dieser feurig rot
war. Dann durfte Anna endlich aus der Wanne steigen, nur
um mit einem rauhen Handtuch an allen sowieso schon
brennenden Körperstellen wundgerieben zu werden...

Danach versammelte der Pastor die Kinder um sich, las ihnen
mehrere Kapitel aus der Bibel vor und betete anschliessend
mit den Kindern. Dazu mussten sie eine Stunde auf dem
Boden knien. Falls eines einmal husten musste oder
Schluckauf hatte, unterbrach er sofort das Gebet. „Lieber
Gott, ich muss leider kurz unterbrechen, um meine Herde zu
unterweisen. Bis gleich... und wandte sich brüllend an die
Kinder „Wie oft habe ich euch schon gesagt, ihr sollt ruhig
sein während dem Beten. Wärd ihr so konzentriert dabei,
müsstet ihr nicht husten, also erklärt mir ja nicht, ihr könntet

nichts dafür! Wenn jetzt nicht absolute Ruhe ist, hole ich meinen Rohrstock, und was heisst, wisst ihr ja bereits…"

Dann wandte er sich wieder an den Gott „So, lieber Gott, wir sind wieder bereit zum Weiterbeten…"

Danach waren die Kinder froh, wenn sie in ihre Betten durften. Der Pastor nahm sich dann seine Bibel und vertiefte sich in seine Sonntagspredigt vom nächsten Tag. Anna zog sich die Decke über den Kopf und weinte sich leise in den Schlaf. Wenn ihr doch einmal ein Schluchzer entschlüpfte, kam sofort von Jonathan aus dem Nachbarbett ein Zischen „Psssschhhhtttt…. Oder willst du, dass der Pastor uns hört und dich dann mit seinem Rohrstock verschlägt?"

Sonntags wurden die Kinder früh von ihrer Mutter geweckt, in adrette Kleidung gesteckt und herausgeputzt. Sogar Anna durfte an diesen Tagen ein Kleid und feine Strumpfhose tragen und die Annas widerspenstiges Haar wurde zu kleinen Zöpfen geflochten. Die Jungen trugen Hemden und saubere Hosen. An diesen Tagen gab es sogar Frühstück und dann ging die kleine Familie geschlossen und feierlich zur katholischen Kirche und lauschte andächtig der Predigt des katholischen Pastors. Wenn sich die Jungen einmal weigerten, rastete die Mutter aus, verteilte Backpfeifen und brüllte „Ihr wisst ja nicht, was ihr da sagt! Wollt ihr, dass der Pastor uns sonst aus dieser Wohnung wirft und mir meinen Job kündigt?? Ihr werdet schön brav sein, sonst werde ich es ihm sagen…" Da verstummten Annas Brüder sofort, denn sie hatten grosse Angst vor dem strengen Pastor mit seinem Rohrstock und sie wussten genau, dass er sonst am nächsten Samstag ihnen das Kapitel aus Tobias vorlesen würde, in dem vom Gehorsam die Rede war und sie fragen würde, ob sie sich noch einmal weigern würden, in die Kirche zu gehen. Levi hatte einmal zu dieser Frage genickt, anschliessend konnte er fast die ganze Woche nicht sitzen, weil ihm der Popo weh tat von der Behandlung mit Pastors Rohrstock...

So lief jede Woche, bis Anna etwa neun Jahre alt war.

Der gefallene Richter

An einem Mittwochabend war ihre Mutter wieder zur Arbeit in die Kneipe gegangen. Annas Brüder waren an diesem Sommerabend noch mit ihren Freunden auf dem Fussballplatz Bereits zuvor hatten sie Anna erklärt, sie wollten sich ein Spiel der Ortsmannschaft anschauen und kämen daher spät nach Hause. Sie dürfe aber ja nichts der Mutter sagen, sonst bekäme sie Ärger mit ihnen.

Und wie der Ärger mit ihren Brüdern aussah, wusste sie genau. Denn immer, wenn sie nicht machte, was diese von ihr wollten, schlugen sie sie oder tränkten ihren Kopf unter dem kalten Wasserhahn. Oder sie würgten sie bis sie bereit war, das Verlangte zu tun oder sperrten sie in ihr Zimmer ein, machten dunkel und liessen sie alleine, wohl wissend, dass Anna sich sehr fürchtete alleine im dunklen Raum. Daher war klar, dass Anna keinen Ärger machen würde.

Anna lag so in ihrem Zimmer unter der Decke. Draussen regnete und stürmte es und die Fensterläden schlugen ständig an das Fenster. Es begann auch noch zu blitzen und zu donnern. Anna hatte entsetzliche Angst und kroch weiter unter die Decke. Wenn doch bloss ihre Brüder endlich heimkämen! Plötzlich öffnete sich die Haustüre. Anna hielt den Atem an. Es war eigentlich noch zu früh, das Spiel war noch nicht zuende. Sie hörte eine fremde Männerstimme und Schnaufen. Was war da los? Sie wäre gerne nach draussen gegangen um nachzusehen, hatte aber gleichzeitig wahnsinnige Angst... Was ging da nur vor sich? Plötzlich öffnete sich ihre Tür und ihre Mutter stand vor ihr. Sie fragte mit strenger Stimme: „Anna, was machst du hier im Bett um diese Zeit? Wo sind deine Brüder?" Anna wusste nicht, was sie tun sollte. Sie durfte die Brüder ja nicht verraten. Daher sagte sie „Ich weiss nicht..." Die Mutter war ausser sich „Da muss etwas passiert sein- ich rufe die Polizei!" Anna war klar, dass das zu weit ginge und rief „Halt, Mama, ich weiss, wo sie sind- aber ich darf es nicht sagen, sonst schlagen sie mich..." Ihre Mutter schrie „Ich bin die Mama, du musst es mir sagen!" Sie fügte hinzu: „Es ist doch völlig egal, ob sie dich schlagen, aber ich muss wissen, wo sie sind! Wenn du es mir nicht sagst, bekommst du von mir Schläge, und du kannst dir sicher sein, dass sie noch mehr schmerzen werden!". Anna bekam Angst vor ihrer Mutter. Daher antwortete sie schüchtern „sie sind beim Fussballspiel des FC Waldheim". Ihre Mutter bekam ganz grosse Augen und wollte gerade beginnen loszuschreien als im Hintergrund eine Männerstimme lallte „Wo isn das WC, ich muss mal..." Sie blitzte daher Anna nur böse an und rief mit freundlicher Stimme ins Wohnzimmer „Warte, ich helfe dir, ich bin sofort bei dir". Zu Anna sagte sie „Du bleibst hier und rührst dich nicht, sonst..." Sie deutete mit ihrer Hand einen Schlag an, und schloss danach die Tür hinter sich. Anna war wieder alleine und restlos verwirrt...

Irgendwann kam ihr Bruder Jonathan zur Türe herein. Er zog sich aus, und sie wisperte „Jonathan, ist der Mann noch hier?" Jonathan brummelte nur irgendwas Unverständliches und plumpste ins Bett. Sie versuchte es noch einmal flüsternd „Jonathan, wer ist der Mann?" Jonathan brummelte nur lallend „Lass mich in Ruhe, ich will schlafen". Er drehte sich zur Wand und begann zu schnarchen. Nun war Anna nicht mehr alleine- und doch alleine... Sie musste wohl bis zum nächsten Morgen warten.

Am nächsten Morgen wurde Anna wie üblich von Marduk lieblos geweckt „He, Anna steh endlich auf, ziehe dich an und dann komme leise in die Küche. Mama schläft noch, also sei bloss still und beeile dich!"

Anna zog sich rasch an und erhaschte auf dem Weg in die Küche einen Blick auf das Sofa, auf dem sonst ihre Mutter schlief. Doch heute lag jemand anderes dort. Als sie stehen blieb und genauer schauen wollte, wurde sie von Marduk am Arm gerissen und zur Wohnungstür hinausgeschubst. „Du neugieriges Weib, das geht dich gar nichts an, wer da pennt! Hier hast du einen Fünfer, du musst jetzt los und alleine zum Bäcker, ich gehe mit den Brüdern ein bisschen später." Als Anna noch zögerte schimpfte Marduk: „Mach dich endlich weg hier, du nervst! Ich gehe jetzt rein, und wenn ich gleich rauskomme und du noch immer hier stehst, setzt es etwas. Hast du das kapiert oder muss ich gleich nachhelfen?" Anna machte lieber, dass sie davonkam und eilte leise die Treppe hinunter.

Als sie wie üblich von der Schule kam, war ihre Mutter wie üblich in der Küche mit Kochen beschäftigt. Der Mann war nicht mehr zu sehen. Anna nahm ihren Mut zusammen „Mama, wer war der Mann von gestern Abend?" Ihre Mutter hob erstaunt die Augenbrauen „Welcher Mann, Anna?" Anna stotterte „Da war doch ein Mann gestern Abend, ich habe doch seine Stimme gehört..." Die Mutter unterbrach sie kopfschüttelnd „Oh Anna, da war kein Mann! Was du dir immer ausdenkst. Du hast viel zu viel Phantasie! Komme bloss nicht auf die Idee, das irgendwo auch noch herum zu erzählen! Dir wird sowieso niemand glauben, es wissen ja alle, dass du nicht ganz normal bist... Und nun ziehe dich aus und hilf mir, den Tisch zu decken! Vielleicht kannst du ja wenigstens das, wenn du schon sonst zu allem zu blöd bist..." Anna verstummte und begann den Tisch zu decken. Sie zweifelte an sich selbst. Hatte sie sich das wirklich nur eingebildet? Sollte sie Jonathan fragen? Aber der war gestern Abend wahrscheinlich viel zu betrunken und hatte sicherlich nichts mitbekommen. Oder Marduk? Aber Marduk redete nie mit ihr. Er liess sie immer nur spüren, dass sie minderwertig war. Und Levi? Levi war noch schlimmer, er hielt sie nicht nur für dumm, er bezeichnete sie immer als „Trottel" und „behindert"- ihn konnte sie auch nicht fragen. Sie seufzte und überzeugte sich selbst, dass sie das Alles wohl nur geträumt hatte...

Noch bevor ihre Brüder von der Schule kamen, klingelte das Telefon. Ihre Mutter nahm ab: „Baruti? Ja, ich bin am Apparat... Ja, es tut mir leid... Es war ein Notfall, ich musste doch Herr Danus nach Hause bringen. Er war betrunken, ja... Aber er ist doch der Richter und ein sehr angesehener Kunde... Nein, ich konnte nicht mehr kommen anschliessend, er war zu betrunken, ich musste ihn noch versorgen... Ja, ich blieb noch bei ihm, bis er eingeschlafen war... Ja, da war es zu spät, da hatte die Kneipe schon zu... Ja, natürlich komme ich heute Abend wieder... Okay, ich werde es mir merken... Haben Sie vielen Dank! Bis heute Abend, Adieu!" Ihre Mutter legte den Hörer auf und drehte sich mit hängendem Kopf um: „Anna jetzt hilft nur noch beten, damit ich nicht den Job in der Kneipe verliere, sonst verhungern wir!" Anna, die genau wusste, was Hunger bedeutete, ging in ihr Zimmer und fiel auf die Knie „Lieber Gott, wenn es dich gibt, dann hilf, dass meine Mama ihren Job nicht verliert, sonst muss ich verhungern..." Sie überlegte sich, ob verhungern eigentlich so schlimm war, denn der Pastor predigte doch immer, dass sie dann in den Himmel käme nach dem Tod... Und dass sie dann bei Gott sei, das wäre doch sicher schöner als hier zu sein...? Doch bevor sie weitergrübeln konnte, rief ihre Mutter bereits „Anna! Komm, Essen ist fertig, gehe den Pastor bitte holen!"

An diesem Tag war ihre Mutter noch bedrückter als sonst und so bemühte sich Anne noch mehr als sonst, alles richtig zu machen. Doch so sehr sie sich bemühte, ihrer Mutter gefiel alles nicht „Anna! Du bist doch wirklich zu dumm zu allem! Du musst Spülmittel in das Wasser machen... Mach den Boden nicht so nass... Du musst schon Wasser zum Wischen nehmen... Du musst das Wasser auch mal frisch machen... Nimm doch nicht dauernd frisches Wasser, was das wieder kostet!... Kind, du bringst mich noch zum Wahnsinn, muss ich dir wirklich alles erklären wie einem kleinen Kind?... Warum hat mich nur Gott mit so einem dummen Gör bestraft??? Mit dir habe ich nichts als Ärger..."

Annas Brüder hatten schon längst das Weite gesucht. Sie waren froh, dass ihre Mutter den nächtlichen Ausflug schon wieder über die Sorge um ihren Arbeitsplatz vergessen hatte. Als sie abends aus dem Haus ging, sagte sie zu Anna, sie solle lieb sein und in ihrem Zimmer bleiben, damit der Pastor nicht merke, dass sie alleine sei, nicht, dass sie auch noch aus der Wohnung müssten... Anna verstand zwar nicht, was das eine mit dem anderen zu tun hatte, aber sie verstand die dahinter steckende Drohung sehr gut und versprach, ganz brav zu sein. Sie zog sich wieder die Decke über den Kopf - und da sie die ganze Nacht zuvor nicht geschlafen und am Tag sehr viel ihrer Mutter geholfen hatte, übermannte sie innerhalb kürzester Zeit der Schlaf und sie erwachte erst morgens wieder, als sie von Marduk rabiat geweckt wurde. „Anna, steh endlich auf, jeden Morgen muss ich dich wecken, das ist doch echt zum Kotzen mit dir!" Sie beeilte sich mit dem Anziehen und ging in die Küche. An diesem Morgen war das Sofa leer... „Ist Mama nicht da?" Marduk zuckte die Achseln, „Nein, Mama ist nicht hier, oder siehst du sie irgendwo? Das ist egal, aber sie hat auch kein Geld dagelassen, und jetzt müssen wir schon wieder hungrig in die Schule und DAS ist zum Kotzen! Und wer ist schuld? Du natürlich!" Anna wusste zwar nicht, warum sie schuld sein sollte, aber sie glaubte es, zumal die Zwillinge einstimmig zu Marduks Worten nickten. So ging sie mit hungrigem Magen und hängenden Schultern zur Schule.

Als sie nach Hause kam, erwartete sie statt der Mutter der Pastor. Anna erschrak fürchterlich: „Was ist mit Mama? Ist sie verletzt oder...? Warum ist sie nicht da?" Der Pastor sah sie rügend an: „Aber, Anna, an was du immer denkst! Nein, deine Mutter hat mich gebeten, euch zu baden und schick anzuziehen- ihr seid eingeladen zum Kaffee. Marduk kennt den Weg. Und jetzt ziehe dich aus und gehe ins Bad, ich komme gleich zum Duschen." Anna wagte keine Widerrede und ging verwirrt ins Bad. An diesem Tag duschte sie der Pastor noch gründlicher als je zuvor. Er rieb sie überall mit wohlschmeckender Seife ein. Diesmal jedoch mit den Fingern statt mit dem Waschlappen. Er riss ihre Schamlippen auseinander. Ihr lief die Gänsehaut über den Rücken und sie zuckte zusammen. Doch der Pastor sagte nur drohend „Deine Mutter soll ja nicht hinterher sagen, ich hätte dich nicht gründlich genug geduscht!" Als er ihr in die Scheide langte, stiegen ihr die Tränen in die Augen. Doch er machte unberührt weiter. Am schlimmsten war für Anna der komische Blick vom Pastor dabei. Plötzlich hörte sie die Wohnungstür. Dem Pastor entfuhr ein „Sch...!" Zu Anna sagte er „kein Wort, wenn dich die Brüder fragen, was ich hier mache, sage, du hast Hilfe gebraucht beim Abtrocknen. So dumm wie du bist, glauben sie dir das!" Anna nickte, froh, dass das Duschen vorzeitig beendet war und sie sich alleine vollends abtrocknen konnte.

Sie zog ihr Kleid an und band sich die Haare zu zwei Schwänzen. Dann ging sie mit ihren Brüdern aus dem Haus. Ihre Brüder waren sehr aufgeregt, lachten und alberten herum und sie liess sich von der Vorfreude auf die „Einladung" anstecken, denn eingeladen waren sie schon so lange nicht mehr gewesen.

In der Villa Danus

Sie gingen durch den kleinen Ort, bis zur gegenüber liegenden Seite zum Hang, an dem die Villen der Manager und Gutverdiener standen. Staunend gingen die Kinder die Pappelallee zu der grössten Villa hinauf, und standen mit offenem Mund vor dem goldenen Messingschild, auf dem „Dr. jur. Danus" stand. Anna überlegte, wo sie den Namen zuletzt gehört hatte, als Marduk klingelte. Es summte und Marduk drückte das grosse eiserne Gatter auf. Sie gingen mit aufgerissenen Augen um den Pool mit den Palmen herum, dem Teich mit ein paar Enten und Schwänen, einem Beet mit bunten blühenden Rosen und Orchideen und einem Brunnen aus weissem Marmor in Gestalt eines grossen nackten Mannes mit Lorbeerkranz um den Kopf vorbei und kamen schliesslich auf eine mit Mosaiksteinen gepflasterte Terrasse, auf dem bequeme Korbsessel um eine reich gedeckte Kaffeetafel standen. Auf einem der Korbsessel sass ein älterer Herr mit einer dicken Zigarre im Mund, adrett gekleidet mit Anzug und Krawatte und schaute sie prüfend über seine randlose Lesebrille an. „Ah, ihr seid wohl die kleinen Barutis... Schön, schön...". Er stand auf und gab jedem von ihnen die Hand und stellte sich mit „Dr. Danus, Richter" vor.

Da trat aus der Terrassentür eine schick gekleidete hübsche Frau heraus. Erst auf den zweiten Blick bemerkte Anna, dass dies ihre Mutter war. Sie sah ganz anders aus als sonst, geschminkt, mit neuer Frisur, in einem eleganten Kleid... Sie strahlte ihre Kinder an und hüllte sie bei der Umarmung in eine Parfümwolke ein. Dann stellte sie ihre Kinder dem Richter vor „Das ist Marduk, mein Grosser. Er ist sehr stark! Hier sind die Zwillinge Jonathan und Levi, beide sind äusserst klug. Und das ist Anna, unser trotteliges Nesthäkchen". Während die Jungen stolz den Richter anlächelten, hätte sich Anna am liebsten verschämt in die Wiese eingegraben. Aber auch sie bemühte sich, zu lächeln. Der Richter lud die Kinder an den Tisch. Er fragte „Und, habt ihr auch Hunger?" Den Kindern lief beim Anblick der vielen Brötchen und Marmeladen das Wasser im Mund zusammen und sie nickten begeistert. Er lachte „Ja, Kinder haben doch immer Hunger... Greift zu!" Als Anna nach einem Brötchen griff, spürte sie einen scharfen Stich an ihrem Schienbein. Sie sah den warnenden Blick ihrer Mutter, welche dem Richter erklärte „Ich schneide ihr lieber das Brötchen auf. Weisst du, Anna ist ein bisschen zurückgeblieben und kann das deswegen noch nicht so gut." Der Richter lächelte gütig „Das ist doch kein Problem, das verstehe ich gut!" Und zu Anna sagte er „Du kannst wirklich froh sein, dass du so eine liebe Mutter hast. Sie ist toll!" Anna blieb nichts anderes übrig, als zu nicken...

Nach dem Essen zeigte ihnen der Richter die grosse Villa. Die Jungen waren begeistert von der Tischtennisplatte und dem Fussballspiel und noch begeisterter, als Dr. Janus ihnen erlaubte, zu spielen. Zu Anna sagte er entschuldigend „Ich habe leider nichts für Mädchen und hier kannst du ja leider nicht mitspielen, weil du behindert bist. Vielleicht magst du ja ein bisschen den Enten zuschauen?"

Anna nickte ergeben. Zu gerne hätte sie mit den Buben gespielt, aber ihr war klar, dass diese das sowieso nie erlaubt hätten. Als sie wegging, hörte sie ihre Brüder lästern „Ha, als ob Anna überhaupt wüsste, wie sie einen Schläger halten müsste!" „Sie würde ihn wahrscheinlich an der Spielfläche halten und sich wundern, warum sie damit keinen Ball trifft!" „Als ob sie jemals mit den Händen einen Ball fangen könnte...!" „Wahrscheinlich wäre ihr der Schläger ohnehin zu schwer und sie würde ihn vor Schreck auf den Fuss fallen lassen..." „Und dann müssten wir mit der blöden Ziege auch noch ins Krankenhaus..." „Haben sie dort überhaupt Operationsgeräte für Missgeburten...?" Sie brachen alle in Gelächter aus, während Anna die Tränen leise in die Augen stiegen. Der Richter nahm sie am Arm „Ach, Anna, mach dir nichts draus, es können eben nicht alle Menschen so klug sein wie deine Brüder..." Anna wusste nicht recht, ob sie das trösten oder ärgern sollte, aber sie genoss die Zuwendung sehr...

Nach einiger Zeit wurden sie zum Abendessen gerufen. Während eine dunkelhäutige Frau das üppige Essen servierte, sagte die Mutter: „Kinder, ich muss euch etwas fragen: Was haltet ihr davon, wenn wir hierher ziehen? Jeder bekäme sein eigenes Zimmer..." Mehr konnte sie nicht sagen, denn die Jungen brachen in Begeisterung aus: „Dann können wir

immer Tischtennis und Fussball spielen, und es gibt immer
Essen und wir können hier wohnen???" Annas Mutter
lächelte Herr Danus an „Siehst du, was habe ich gesagt, sie
werden begeistert sein!" Herr Darus lächelte verliebt zurück.
Dann meinte er „Dass die Jungen begeistert sind, sehe ich,
aber was ist mit Anna?" Anna war völlig erschrocken, denn sie
war es nicht gewohnt, dass jemand sie nach ihrer Meinung
fragte. Doch bevor sie antworten konnte, machte Levi eine
wegwerfende Bewegung und sagte verächtlich „Die ist doch
viel zu blöd, um zu kapieren, was das alles bedeutet". Marduk
lachte zustimmend: „Anna zählt nicht, die ist ja behindert..."
Auch Jonathan und ihre Mutter nickten. Anna schaute Herr
Danus fragend an, welcher lächelnd meinte „Naja, sie wird
schon merken, dass sie es hier gut hat..." Alle atmeten auf
und assen weiter. Bereits am nächsten Tag packten sie ihre
Sachen und zogen um ins neue Heim.

Im neuen Heim hatte jedes der Kinder sein eigenes Zimmer.
Die drei Brüder hatten ihre Zimmer direkt unter dem Dach,
mit einem grossen Vorraum, in dem ein Kicker stand und eine
Wii. Dort hatten sie auch ihr Bad und sie erklärten Anna
gleich, dass sie „unter dem Dach nichts verloren hatte". Anna
akzeptierte dies gerne, denn sie hielt sich lieber von den
Brüdern fern. Dann bekam sie schon keinen Ärger mit ihnen.

Annas Zimmer lag im selben Stockwerk wie das Schlafzimmer
der Eltern. Ja, genau, sie hatte plötzlich Eltern. Eine Mutter,
die den ganzen Tag zuhause war und einen „Vater", der den

ganzen Tag im Büro arbeitete. Ihre Mutter genoss das neue Leben zunächst sehr und schwelgte im Luxus. Sie kaufte auf Daniels, wie Herr Danus mit Vornamen hiess, Kreditkarte Kleider für sich und auch für ihre Kinder. Sogar Anna bekam ein paar neue Röcke, doch als sie diese stolz ihren Brüdern vorführte, lästerten diese nur abschätzig: „Da sieht man ja voll deine krummen Beine", „damit siehst du ja noch bescheuerter aus als sonst" und „eine Vogelscheuche im Prinzessinnenkleid" und lachten sich halbtot über ihre eigenen Witze. Auch Annas Mutter lachte mit, denn sie hatte bemerkt, dass Daniel auf ihre Söhne stand… Als Anna Tränen in die Augen stiegen, regte sich ihre Mutter darüber auf „Mensch, heul doch nicht gleich wieder, mit dir kann man ja gar keinen Spass machen" und die Jungen stimmten zu „Heulsuse! Mädchen! Memme! Buhuuuu…..". Anna drehte sich um und verschwand in ihr Zimmer. Dieses Zimmer war nicht so dunkel wie ihr voriges, sondern in leuchtendem Gelb gestrichen, und viele rosa Püppchen und braune Kuschelbären verzierten die Regale rund um ihr Bett. Sie lag auf einem weichen Bett mit kuscheligem Bettzeug aus rosa Frottee, in einem mit Spielzeug vollgestopftem rosa Mädchenzimmer, sie war satt und hatte neue Kleidung- das einzige, was gleich geblieben war: dass sie einsam war…

Jeden Morgen wurde sie nun von ihrer Mutter geweckt und es gab jeden Tag ein leckeres Frühstück. Alles hätte perfekt sein können. Aber ihre Brüder begannen schon morgens beim

Frühstück über sie herzuziehen. Anscheinend war sie dazu geboren, als Lästerobjekt für ihre Brüder zu dienen. Jeden Morgen zerbrach sie sich vor ihrem Kleiderschrank den Kopf, was sie anziehen sollte, damit ihre Brüder zufrieden seien. Doch sie fanden immer etwas zum Lästern. Wenn Daniel mit am Tisch war, war es meist noch schlimmer, denn dann drehten ihre Brüder so richtig auf, um ihm zu beweisen, was für tolle Hechte sie waren. Daniel war auch jedes Mal begeistert und lachte brüllend mit. Wenn Anna dann weinend den Tisch verliess, höhnten die Männer erst recht: „Boah, so eine Flennsuse, versteht überhaupt keinen Spass, so eine Mimose...“

In der Schule

Auch in der Schule wurde Anna viel gehänselt. Dort brach sie immer schnell in Tränen aus und wurde dann erst recht ausgelacht. Im Turnen war es am schlimmsten, denn sie konnte einfach nicht turnen. Aber auch in anderen Fächern hing sie ständig hinterher. Ihre Lehrerin verspottete sie häufig: „Du kommst noch auf die Behindertenschule, wenn du so weitermachst" und die anderen Kinder rannten singend hinter ihr her: „Anna dumm, läuft ganz krumm, Schule aus, Anna fliegt raus, muss ganz cool zur Sonderschul`..."

Zuhause musste sie immer ihrer Mutter helfen, den Tisch zu decken. Ihre Mutter nutzte diese Zeit, Anna immer wieder einzubläuen, dass sie dankbar sein soll, dass sie hier wohnen darf und dass sie sie in ein Internat schicken wird, wenn sie nicht brav ist. Für Anna war diese Vorstellung schrecklich. Nicht, weil sie dann von ihrer Familie getrennt gewesen wäre, sondern weil sie dort mit ganz vielen lästernden Mädchen zusammen hätte schlafen müssen. Hier, in der Villa, hatte sie wenigstens in ihrem Zimmer ihre Ruhe und ihre Stofftiere, die geduldig ihre vielen Tränen aufsaugten und zuhörten, wenn sie ihnen ihr Leid klagte...

Annas Schulnoten wurden immer schlechter. Gegen Ende des Schuljahres nahm so nicht nur der Druck durch die Drohung der Lehrerin mit der heilpädagogischen Schule zu, sondern auch zuhause wurden alle feindselig ihr gegenüber. Daniel hatte klargestellt, dass er keine Tochter in der

Behindertenschule haben möchte, denn „was sollen da die Leute sagen und von ihm als Richter denken". Ihre Mutter übte daher noch zusätzlichen Druck aus, doch bei Anna bewirkte es nur, dass sie vollends bei Klassenarbeiten versagte.

Eines Tages wurde ihre Mutter deswegen in die Schule zu einem Gespräch gebeten. Anna sass die ganze Zeit auf ihrem Bett und bibberte der Entscheidung, was mit ihr werden soll, entgegen. Als Annas Mutter endlich wiederkam, rannte ihr Anna zitternd und total aufgelöst entgegen „Mama, was wird jetzt aus mir?". Doch ihre Mutter zuckte erschöpft die Achseln: „das weiss ich auch nicht, aber du hast noch einmal eine Chance bekommen. Wenn du diese wieder vermasselst, musst du auf die Sonderschule- und dann müssen wir alle hier ausziehen... dann hast du uns schon wieder unser ganzes Leben versaut! Also strenge dich gefälligst an jetzt! Du wirst ab heute jeden Tag lernen, lernen, lernen... ist das klar? In einem Monat hast du eine Prüfung. Und wenn du diese nicht bestehst- ist alles aus. Dann bringe ich dich um!"

Anna wagte nicht zu sprechen und nicht zu atmen. Sie stand da wie erstarrt. Dann drehte sie sich langsam um und ging in ihr Zimmer. Sie schloss leise die Tür, dann warf sie sich verzweifelt auf ihr Bett. Wie, in aller Welt, sollte sie diese Prüfung bestehen?

Abends am Tisch fragte die Mutter ihre Brüder, ob sie Anna beim Lernen helfen könnten. Zuerst waren diese gar nicht begeistert, doch als die Mutter ihnen erklärte, dass sie sonst ausziehen müssten, reagierten sie entsetzt „Was, diese dumme Kuh würde uns das auch noch versauen?". Sie waren bitterböse auf ihre kleine Schwester, aber schliesslich verstanden sie, dass sie es versuchen müssten, denn ausziehen wollte keiner. Bis Daniel von seiner Arbeit kam, hatten Barutis einen Plan aufgestellt. Marduk, der Älteste, sollte Anna die Sachthemen beibringen. Levi, der in Rechtschreibung der Beste war, sollte Anna jeden Tag einen Text diktieren, ihn danach korrigieren und mit Anna ihre Fehler durchsprechen. Und Jonathan, das Mathe-Ass, war für Mathematik zuständig. Daniel war gerührt, wie die Jungen ihre Freizeit opferten, um ihrer kleinen Schwester zu helfen!

So bekam Anna jeden Tag Nachhilfe von ihren Brüdern. Jonathan gab sich viele Mühe, ihr geduldig die Mathematikregeln zu erklären. Er wusste, was auf dem Spiel stand und schaffte es wirklich, dass Anna nach und nach die Grundrechenarten anwenden konnte. Marduk hingegen hatte wenig Lust auf Nachhilfe und versorgte Anna daher immer nur mit Büchern, die sie lesen musste. Abends fragte er sie ab, und wenn sie eine Antwort nicht wusste, schlug er ihr auf den Hinterkopf mit der Begründung, „Schläge auf den Hinterkopf erhöhen das Denkvermögen". Irgendwann hatte Anna Beulen auf dem Kopf, und bei jedem Schlag von Marduk tat es noch mehr weh. Doch es nützte nichts, sie musste die Themen lernen und Marduk war unerbittlich. Levis Diktate waren ganz in Ordnung, aber auch er bestrafte sie für jeden Fehler, indem er ihr eines ihrer geliebten Stofftiere wegnahm. Als sie keine mehr hatte, ging er zu ihren Puppen über. Anfangs machte sie viele Fehler, also gab er ihr alle Tiere wieder zurück und begann für jeden Fehler, ein Gliedmass abzuschneiden. Als alle Tiere keine Augen, Ohren, Arme und Beine und 6 der 9 Puppen ebenfalls nur noch aus Kopf und Rumpf bestanden, war der Monat vorbei.

Anna war sehr aufgeregt bei der Nachprüfung. Bei den Fragen zu Sachthemen gab sie sehr zaghaft Antwort. Wenn die Lehrerin „richtig" sagte, atmete Anna auf. Sagte die Lehrerin jedoch „falsch", zuckte Anna zusammen und hielt sie die Arme über den Kopf. Die Lehrerin wunderte sich zwar, aber sie fragte nicht nach, sondern dachte bei sich, dass das Kind eben wirklich nicht ganz normal sei. Bei den Rechenaufgaben hatte Anna alles richtig, und blühte sichtlich auf. Doch bei der Besprechung des Diktats hielt sie ihre Arme fest umschlungen um ihren Körper und ihren Schulranzen. Auch dies bemerkte die Lehrerin und beschloss, Annas Mutter im Anschluss an die Prüfung zu fragen. Sie bat Anna hinaus und Annas Mutter herein. Anna kauerte sich in der Garderobe unter die Bank, schlang ihre Arme um ihren Körper und ihren Schulranzen. Sie zitterte am ganzen Körper und ihr war speiübel. Noch bevor ihre Mutter in das Klassenzimmer gegangen war, hatte sie ihr zugeraunt: „Denk dran: Ich bring dich um...!"

Anna wartete eine Ewigkeit. Inzwischen war ihr ganz egal, ob sie die Prüfung bestanden hatte oder nicht, ob ihre Mutter sie umbringen würde oder nicht- sie war ohnehin davon überzeugt, dass es besser wäre, es gäbe sie nicht mehr.

Da ging die Klassenzimmertüre auf und die Lehrerin strahlte sie an: „Auf, Anna, komm rein!" Anna erhob sich und ging zitternd der Lehrerin hinterher. Im Zimmer schaute sie zaghaft zu ihrer Mutter, doch diese verzog keine Miene. Sie schaute fragend ihrer Lehrerin an, welche ihr herzlich die Hand ausstreckte „Glückwunsch, Anna, du hast die Prüfung bestanden!" Anna schaute wiederum zu ihrer Mutter, welche immer noch keine Miene verzog. „Komisch," wunderte sich Anna", zuerst haben sie mich so unter Druck gesetzt, dass ich die Prüfung unbedingt bestehen muss, und jetzt freut sie sich gar nicht mit mir?". Auch die Lehrerin wunderte sich, dass Annas Mutter so gleichgültig aussah. Sie hätte nicht gedacht, dass Anna die Prüfung schafft. In ihren Augen war das eine grosse Leistung für das blasse, schüchterne Mädchen. Sie fragte Annas Mutter „Und, freuen Sie sich?" Annas Mutter antwortete kalt „Das hat Anna nur ihren Brüdern zu verdanken." Die Lehrerin versuchte zu vermitteln: „Aber Anna hat sicher viel gelernt..." Aber Annas Mutter schnitt der Lehrerin das Wort ab: „Alleine hätte Anna das nie geschafft. Dazu ist sie viel zu dumm. Komm, Anna wir gehen jetzt."

Draussen sagte ihre Mutter: „Und dass du dich ja bei deinen Brüdern bedankst! Du kannst so froh sein, dass du solche lieben Brüder hast! Sei ja dankbar dafür!" Annas Kopf pochte, ihre Beulen schmerzten... aber ja, sie war dankbar... wofür eigentlich nochmal?

An diesem Abend feierten Barutis mit Daniel die tolle Leistung von Annas Brüdern. Alle, bis auf Anna, welche noch „zu klein" war, tranken von Daniels Champagner und seinem teuren Hauswein. Irgendwann ging Anna freiwillig in ihr gelb gestrichenes Zimmer mit nur noch drei Puppen. Sie kroch in ihr Bett. Während sie von draussen das Gelächter und Gelalle ihrer Familie hörte, löste sich langsam die Anspannung des vergangenen Monats in Tränen auf.

Abgesoffen

Am nächsten Morgen wurde Anna nicht geweckt.
Irgendwann, als es draussen bereits hell war, erwachte sie
von selbst. Sie erschrak, denn sie dachte, sie hätte verschlafen
und eilte schnell nach unten in die Küche. Dort stand alles voll
mit leeren und halbleeren Weinflaschen, Abfällen und
Essensreste. Alles war still. Anna horchte. Nein, es war nicht
ganz still, draussen auf der Terrasse hörte sie ein Geräusch.
Sie ging hinaus, und auch dort stand alles voll mit leeren
Flaschen, Abfällen, Essensresten, Zigarettenkippen... Die
dunkelhäutige Haushälterin stand angeekelt vor dem ganzen
Berg. Plötzlich sah sie Anna und schimpfte los: „Seitdem diese
Brut in diesem Haus ist, ist es wirklich fürchterlich. Alle
besoffen, alles dreckig... Ich kündige. Richte das Herrn Danus
aus!" Sie schmiss den Lappen, den sie gerade in der Hand
hielt, auf den Boden, riss ihre Schürze ab, warf diese zu dem
Lappen und stürmte aus dem Haus. Anna begann seufzend
alles aufzuräumen. Der Erste, der herunterkam, war Levi.
„Was hast du denn hier für einen Saustall veranstaltet? Lass
das bloss nicht Papa sehen!". Papa? Meinte Levi Daniel
damit? Zudem hatte sie doch gar nichts getan? Aber Levi
schien nicht an ihrer Meinung interessiert zu sein, denn er
schnappte sich eine Zeitschrift und setzte sich an den
Fernseher. Der zweite, der herunterkam, war Daniel. Und
zwar in aller Hektik, mit halb angezogener Krawatte, noch
offener Hose und dem Rasierer in der Hand. Er fluchte „Wo
ist Gilda???" Als Anna ihn fragend anschaute, fasste er sich

genervt an den Kopf: „Ja, klar, dieses Dummchen weiss nicht mal, wer Gilda ist. Gilda ist die Negerin, die hier immer putzt!". Anna sagte „Die ist vorhin gegangen, und hat gesagt, sie kündigt..." Daniel stutzte: „Sie hat gesagt, sie kündigt? Bist du sicher? Bist du auch sicher, dass du das richtig gehört hast? Also ich meine ja nur, weil du ja behindert bist - weisst du überhaupt, was kündigen sein soll?" Anna nickte eifrig: „Ja, das heisst, dass sie hier nicht mehr arbeiten will, weil es ihr hier zu dreckig ist". Daniel brüllte los: „Ja, klar ist es hier dreckig, seitdem ihr hier wohnt. Ihr macht so einen Saustall, dass mir auch noch Gilda kündigt! Ihr seid das Allerletzte! Schau, dass du hier aufräumst, bis ich von meinem Termin zurückkomme, sonst könnt ihr etwas erleben." Er stürzte aus dem Haus.

Anna putzte den ganzen Tag. Schliesslich sah das Haus halbwegs wohnlich aus. Als Daniel nach Hause kam, war Annas Mutter gerade aufgestanden. Daniel wetterte sofort los „So einen Saustall will ich nie mehr sehen hier, ist das klar? Und nachdem Gilda gekündigt hat, bist du jetzt zuständig für den Haushalt, sonst könnt ihr alle gehen..." Annas Mutter dachte zwar für sich, dass es doch gar nicht so schlimm aussah, aber bevor Daniel böse würde, nickte sie einfach:„Natürlich, Schatz, ist doch kein Problem, nicht wahr Annachen?". Anna war total erschöpft. Daniel forderte Anna auf: „Sitz hier nicht so blöd rum, sondern hol`mir lieber ein Bier!". Anna nickte, aber musste nachfragen: „Und wo finde ich das?" Daniel war gerade dabei, sich auszuziehen. Er drehte durch, zog sich den Gürtel aus der Hose und schlug damit Anna Richtung Küche „ich werde dir schon zeigen, wo das Bier steht... Da!" Damit stiess er Anna auf die Bierkiste, dass sie mit der Stirn gegen die Kiste knallte. Dann zog er sie am Nacken wieder hoch und stiess sie auf den Boden mit den Worten „So ein Behindertenpack kann man wirklich zu nichts gebrauchen. Geh in dein Zimmer, ich will dich nicht mehr sehen!" Anna torkelte aus der Küche in ihr Zimmer. Ihr Kissen färbte sich rot von dem Blut, aber das war ihr egal. Selbst falls sie sterben sollte, wäre das egal... Irgendwann schlief sie benommen ein.

Am nächsten Morgen wurde sie von ihrer Mutter geweckt. Diese erschrak beim Anblick von Anna und sagte „Bleib heute besser zuhause, du siehst ja furchtbar aus! Warum musstest du Daniel auch so ärgern...!" Damit ging ihre Mutter wieder aus dem Zimmer. Anna hatte fürchterliche Kopfschmerzen und das Gefühl, sie müsse sich gleich übergeben. Sie schwankte zum Bad und übergab sich in die Toilettenschüssel. Da kam Daniel zur Türe rein „Was machst du denn hier schon wieder, habe ich nicht gesagt, ich will dich nicht mehr sehen??" Er packte sie am Genick, stutzte kurz über ihre Platzwunde an der Stirne und meinte dann etwas ruhiger „Geh in dein Zimmer, sofort!". Anna schwankte hinaus, legte sich auf ihr Bett und verlor das Bewusstsein.

Als sie erwachte, war es draussen dunkel. Sie hörte ihre
Familie unten lachen und lallen. Offensichtlich hatte sie den
ganzen Tag über niemand vermisst. Sie spürte Hunger, aber
sie wollte warten, bis ihre Familie schlafen gegangen war.
Dann könnte sie ungestört in die Küche gehen und sich etwas
zu Essen holen. Sie versuchte sich zu erinnern, welcher Tag
heute wohl heute war. Aber es fiel ihr nicht ein.

Irgendwann war es ruhig im Haus und Anna verliess vorsichtig
ihr Zimmer. Alles war dunkel und ruhig. Sie schlich in die
Küche und öffnete den Kühlschrank. Da hörte sie hinter sich
einen röchelnden Laut. Bevor sie sich umdrehen konnte,
spürte sie eine starke Hand auf ihrem Mund und einen Arm
um ihr Genick. „Kein Ton, Missgeburt, sonst bringe ich dich
um!" Anna erschrak fürchterlich. Sie spürte den Atem, der
stark nach Alkohol roch. Sie spürte aber auch die
schwankende Haltung des Mannes hinter ihr. Plötzlich riss sie
sich los, rannte zur Tür und in die dunkle Nacht hinaus…
Zuerst folgte ihr der Mann, aber irgendwann war sie sich
sicher, dass sie ihn abgehängt hatte.

Sie lehnte sich an einen Baum und schöpfte Atem. Wo war
sie? Anna erkannte den Platz am anderen Ende des Ortes.
Was sollte sie jetzt tun? Zurück nach Hause wollte sie nicht.
Geld hatte sie keines dabei, sonst wäre sie zum Bahnhof
gegangen. Sie setzte sich auf das Gras vor dem Baum und
dachte nach. Ihre Arme schlang sie um den Körper, die Knie
hatte sie angezogen und den Kopf auf die Knie gelegt.

Irgendwann hielt ein Auto vor ihr. Anna blinzelte in das Scheinwerferlicht. Dann stieg die Person aus: Mutter! Ihre Mutter ging auf Anna zu. „Komm, Anna, komm mit mir nach Hause! Daniel hat mir erzählt, dass du abgehauen bist. Bestimmt war alles nur ein Missverständnis! Daniel hat es sicherlich nicht böse gemeint. Und du musst doch auch nicht gleich abhauen. Ja, ich weiss, du bist dümmlich. Wahrscheinlich hast du gar nicht nachgedacht. Denn wohin solltest du auch alleine? Du kannst ja gar nichts, du hast nichts, du bist nichts… Komm mit, kleines Mädchen." Anna wusste in der Tat nicht, wie sie alleine ohne Geld klarkommen sollte. Aber die Angst vor Daniel war gross. „Und was ist mit Daniel…?'" fragte sie ängstlich. Ihre Mutter beruhigte sie „Daniel liegt jetzt im Bett und schläft tief und fest. Gehe ihm in Zukunft einfach aus dem Weg, dann muss er sich auch nicht über dich ärgern!" Anna nickte ergeben und stieg ein.

Teil II: 20 Jahre später

Back to the roots: Zurück beim Pastor

Anna war inzwischen 29 Jahre alt. Sie hatte nach der Grundschule die Mittlere Reife abgeschlossen, zwar nur durchschnittlichen Noten, aber sie war froh, dass sie durch die Regelschule durchgekommen war. Anschliessend hatte sie eine Ausbildung zur Bürokauffrau abgeschlossen und in ihrem Ausbildungsbetrieb auch einen unbefristeten Arbeitsvertrag erhalten. Obwohl Anna erwachsen war, wohnte sie immer noch bei Daniel und ihrer Mutter. Daniel hatte inzwischen aufgrund seiner Alkoholkrankheit seine Arbeitsstelle verloren und ihre Mutter hatte ihre alte Tätigkeit als Gemeindehelferin des Pastors wieder angenommen. Sie wohnten auch wieder in der Gemeindewohnung über dem Pastor, welcher sie gütig wieder aufgenommen hatte. Zwar mochte er Daniel nicht und es gab viel Streit zwischen den beiden, aber Annas Mutter war froh, dass sie so wenigstens eine Wohnung hatten. Da das Geld von Annas Mutter trotzdem nicht reichte, bezahlte Anna den Lebensunterhalt, den die Drei brauchten.

Daniel hatte seine Stelle verloren, als Anna 12 Jahre alt war. Zuerst wohnten sie weitere zwei Jahre in der Villa, bis die Schulden so gross wurden, dass Daniel Insolvenz anmelden und die Villa zwangsversteigert werden musste. Annas Brüder waren zu dem Zeitpunkt bereits volljährig, so dass Daniel sie kurzerhand rauswarf. Glücklicherweise hatten die drei Jungen bereits eine Ausbildung und auch jeweils Arbeitsverträge. So zogen sie zu dritt in eine kleine Wohnung und genossen ihre gewonnene Freiheit als Junggesellen. Zuerst hatte Anna gehofft, ihre drei Brüder würden sie auch fragen, ob sie mit einziehen wolle, aber davon war nie die Rede. Noch immer konnten die drei Buben ihre kleine, dumme Schwester nicht leiden.

Für Anna war es bei Daniel immer noch sehr schwierig. Zwar griff er sie nie wieder sexuell an, aber Schläge mit dem Kleiderbügel, dem Kochlöffel oder anderen Gegenständen waren an der Tagesordnung. Daniel war jedoch inzwischen so gescheit, dass er sie immer nur an Stellen schlug, die man nicht sehen konnte. Zudem war Anna so verschüchtert, dass sie sich eh nicht trauen würde, irgendwo Hilfe zu holen. Sie war fest davon überzeugt, dass sie selbst an den Schlägen schuld war, denn ihre Mutter überzeugte sie permanent davon, dass sie ein schwieriges und dummes Kind sei und nur deswegen Daniel sie immer schlug. Ihren Brüdern tat er nie etwas an, denn diese mochte er ja...

Annas Mutter ging in ihrer Rolle als Gemeindehelferin auf. Sie bekochte jeden Tag den alten Pastor, der trotz seines Alters von 70 Jahren nicht daran dachte, seinen Beruf aufzugeben. Zudem ging sie für ihn einkaufen und versorgte ihm den Haushalt. Anna glaubte, dass ihre Mutter froh war, wenn sie auf diese Weise ein wenig aus den eigenen vier Wänden kam, denn mit Daniel hatte sie es nicht einfach. Seitdem sie in der

Pastorenwohnung eingezogen waren, begann er bereits morgens nach dem Aufstehen mit dem ersten Bier, sank bereits nach dem Mittagessen besoffen in sein Bett und wenn er zum Abendessen von Annas Mutter geweckt wurde, trank er von da an bis tief in die Nacht weiter. Annas Gehalt reichte häufig gar nicht für die ganzen Einkäufe, und so begann Annas Mutter sich vom Pastor Geld zu borgen. Anna vermutete, dass der Pastor und Annas Mutter ein Verhältnis hatten.

Jeden Wochentag ging Anna nach der Arbeit einkaufen, kochte zu Abend und machte nach dem Abendessen den Haushalt in der Familienwohnung. Meistens ging ihre Mutter nach dem Abendessen wieder zum Pastor hinunter, und damit der eifersüchtige Daniel sich nicht aufregte, stellte sie ihm meistens 4-5 Flaschen Bier vor die Nase. Daniel regte sich meistens trotzdem auf, aber wenn Annas Mutter schnell genug verschwand, liess er seine Wut eben an Anna aus. Nichts konnte sie ihm Recht machen und er fand immer einen Grund, sie zu verprügeln. Gegen acht Uhr ging Anna dann meistens zu Bett, zog sich die Decke über den Kopf und weinte sich in den Schlaf. Sie wohnte wieder in ihrem alten Zimmer, und es immer noch dunkel und kalt. Ihre drei übriggebliebenen Puppen hatte sie verkaufen müssen und alleine war sie immer noch. Für Freundschaften mit Knaben hatte sie keine Zeit und sie war auch viel zu schüchtern und fühlte sich viel zu hässlich, um sich Männern zu nähern. Aber manchmal, wenn sie in ihrem Bett lag, träumte sie davon, wie schön es wäre, wenn sie einen Freund hätte...

An Wochenenden schlief sie meistens so lange aus, bis Daniel erwachte und lautstark sein Bier forderte. Meistens hörte sie ihre Mutter ihn beschwichtigen und irgendwann das Haus verlassen. Anna wartete meistens lesend im Bett bis sie hörte, dass Daniel ins Schlafzimmer ging und zu schnarchen begann. Dann zog sie sich an und verliess leise das Haus. Sie liebte die Samstagvormittage, besonders wenn schönes Wetter war. Dann lief sie durch den Park, schaute den Enten im Dorfteich zu und schlenderte gemütlich zur Bücherei. Dort suchte sie sich voller Hingabe neue Romane aus, denn Lesen war Annas Möglichkeit, sich aus ihrem tristen Alltag zuhause sich in Traumwelten zu beamen. Wenn sie sich in Romane vertiefen konnte, vergass sie für eine Weile, wie schrecklich sie es zuhause mit dem betrunkenen Daniel und ihrer gemeinen Mutter hatte. Sie tauchte in andere Welten ein, stellte sich vor, sie wäre die Romanfigur und freute sich mit den Helden über ein Happy End.

Leider hielt diese Freude nur kurz an, denn für ihr Leben schien es kein Happy End zu geben. Anna schien dazu verdammt zu sein, sich bis zum Tod von Daniel und ihrer Mutter um beide kümmern zu müssen und kein eigenes Leben aufbauen zu dürfen. Zu gerne hätte sie einen lieben Mann kennengelernt und mit ihm eine eigene Familie gegründet. Wie gerne hätte sie eigene Kinder gehabt und denen all das gegeben, was sie selbst als Kind auch gebraucht hätte: Zuwendung, Liebe, Mitgefühl, Verständnis und Lob. Stattdessen wohnte sie immer noch bei ihrer Mutter und hatte so keine Möglichkeit, jemanden überhaupt kennen zu lernen. Anna wusste nicht, wie es in einer Disko aussah, war noch nie in einem Kino und hatte auch sonst keinerlei Freundschaften. Wenn sie darüber versuchte, mit ihrer Mutter zu sprechen, hiess es immer nur „Anna, für so einen Unfug haben wir kein Geld! Du weisst doch selbst, wie sehr wir sparen müssen. Und zudem, welcher Junge würde schon ein Mädchen wie dich haben wollen? Schau dich doch einmal an, deinen fetten Hintern, deine krummen Beine, deine dicke Brille, deine fettigen dunklen Haare und deine Schielaugen! Du bist einfach nicht hübsch, das musst du eben akzeptieren. Und worüber sollte der Junge auch mit dir reden wollen? Du weisst ja gar nichts... Nein, du kannst froh sein, dass du bei uns wohnen kannst. Warum kannst du nicht einfach mal mit dem zufrieden sein, was du hast?"

Dies ging Anna durch den Kopf, als sie vor den Bücherregalen stand, und sie seufzte tief. Ihr Blick fiel auf ein paar Zeitschriften im Seitenregal und wie ferngesteuert lief sie darauf zu und blätterte ein wenig darin. Plötzlich hielt sie auf eine Seite inne, welche die Rubrik „Er sucht sie" beinhaltete. Sie las sich die Anzeigen durch, doch keine davon sprach sie an. Aber ihre Gedanken schlugen Purzelbäume. Wenn sie schon nie die Chance haben würde, auf der Strasse jemanden kennen zu lernen, dann vielleicht so. Sie lieh sich das Heft aus und ging klopfenden Herzens nach Hause. Als an diesem Abend endlich Ruhe in der Pastorenwohnung einkehrte und die Wohnung nach Annas Geschmack genug gereinigt war, schloss sie sich leise in ihrem Zimmer ein. Zuerst las sie die Anzeigen noch einmal genau durch, dann entwarf sie selbst eine. Sie brauchte sicherlich zwanzig Versuche, bis ihr Text fertig war:

„Sie, 29 J., sich. Anst., ord., fleissig, liest gern, sucht Ihn, 30-40 J., fröhl., romant. für ehrl. Freundsch. Zuschr. bitte an 82794."

Sie war total erschöpft und gleichzeitig sehr aufgeregt. Gleich am Montag würde sie in der Mittagspause zur Post gehen und ihre Anzeige aufgeben. Gab es vielleicht auf diesem Wege noch Hoffnung?

Zwei Monate später

Anna öffnete nach der Arbeit ihren Briefkasten. Drei bunte Umschläge steckten darin. Zitternd nahm sie sie in die Hand und steckte sie unter ihren Pulli. Die andere Post nahm sie so mit nach oben und legte sie in der Wohnung auf den Küchentisch. Sie hörte Daniel schnarchen und schlich sich schnell in ihr Zimmer. Dort öffnete sie aufgeregt die drei Umschläge. Alle drei waren von jungen Männern, welche auf ihre Anzeige geantwortet hatten. Der erste Brief war von einem Soldaten, der aufgrund seiner Arbeit keine Möglichkeit hatte, eine Frau kennen lernen zu lernen und es deswegen auf diesem Weg versuche. Eine Karte war von einem jungen Mann, der schrieb, er wäre blind und taub, aber ansonsten ein sehr lieber Kerl. Hm, behindert war sie ja angeblich auch, dies für sie kein Hinderungsgrund sein. Der dritte Brief, von einem jungen Studenten, war sehr humorvoll geschrieben, aber sie hatte Hemmungen, denn was sollte ein intelligenter Student mit ihr anfangen? Sie beschloss, trotzdem allen drei zu antworten und jeweils ein Rendezvous auszumachen.

Von dem Date mit den ersten beiden Männern war Anna sehr enttäuscht. Der junge Soldat hatte beim Date sehr viel getrunken, und sie hatte nach den Erfahrungen mit Daniel und ihren Brüdern wenig Lust, eine Beziehung mit einem alkoholabhängigen Mann einzugehen. Zudem fanden sie kaum Gesprächsthemen, der Soldat schien nur an Sex interessiert zu sein. Vorschnell beendete sie das Treffen und flüchtete nach Hause. Waren alle Männer so wie Daniel und ihre Brüder?

Der behinderte Mann brachte seine Mutter mit, welche ihn die ganze Zeit führte und versuchte, mit Anna ein Gespräch zu führen. Zwar schien der Mann ganz nett zu sein, aber wie sollte sie mit jemandem leben, der taub und blind war? Würde seine Mutter dann auch die ganze Zeit bei ihnen leben und zwischen ihnen im Bett liegen? Nein, das konnte sich Anna nicht recht vorstellen...

Total entmutigt und hoffnungslos liess sich Anna schliesslich doch auf ein Date mit dem jungen Studenten ein. Schon bei der Begrüssung war sie von seinem Äusseren angezogen und da er locker auf sie zuging, war sie auch gar nicht so schüchtern wie sonst bei anderen Menschen. Gesprächsthemen zu finden war gar kein Problem, sie redeten und redeten bis sie der Ober spät am Abend aus dem Lokal warf, weil er schliessen wollte. Beide standen frierend auf der Strasse. Der Student Samuel fragte Anna, ob er sie nach Hause bringen solle. Anna schüttelte erschrocken den Kopf. Bloss nicht nach Hause, denn wenn Samuel erfahren würde, dass sie immer noch bei ihrer Mutter wohnte und dass Daniel Alkoholiker war, würde er sie sicherlich nicht mehr sehen wollen. Samuel fragte sie behutsam, ob sie mit ihm nach Hause gehen wolle, er hätte auch noch ein Sofa. Aber auch hier schüttelte Anna den Kopf, denn Daniel würde durchdrehen, falls er merken würde, dass sie nicht zu Hause gewesen war. Daraufhin bot Samuel an, sie einfach bis zu ihrem Haus zu fahren. Vor dem Aussteigen fragte er sie vorsichtig, ob er sie wieder sehen dürfe. Annas Herz machte einen Freudensprung, und sie nickte begeistert. Samuel lächelte und gab ihr vorsichtig einen zarten Kuss auf die Backe. „Dann schlaf gut und bis nächsten Freitagabend".

Oben schloss Anna leise die Wohnungstür auf. Sie hoffte, dass Daniel bereits schlief. Leise schlich sie durch den dunklen Flur, als plötzlich Daniel keuchend vor ihr stand: „Wo warst du?

Warum kommst du jetzt erst nach Hause?" Bevor Anna antworten konnte, sauste etwas Hartes auf ihren Kopf nieder, Sie hob die Arme schützend über den Kopf, aber es war zu spät. Um sie wurde es dunkel.

Als sie erwachte, lag sie in einem fremden Bett. Sie hörte ein monotones piepsendes Geräusch. Anna versuchte den Kopf zu drehen, aber sie konnte nicht, denn ihr Kopf pochte und schmerzte. Sie stöhnte leise auf. Da hörte sie Schritte und ein fremdes Frauengesicht beugte sich über. „Ah, sie sind aufgewacht, das ist gut. Haben Sie grosse Schmerzen?" Anna konnte nur wenig nicken und flüsterte „Wo bin ich?" Die Frau antwortete ihr: „Sie sind im Kreiskrankenhaus. Sie haben schwere Kopfverletzungen. Versuchen Sie zu schlafen. Später wird der Arzt nach Ihnen sehen. Ich werde Ihnen noch ein wenig Schmerzmittel spritzen, davon werden Sie müde..." Anna spürte einen kurzen Stich am Arm, und kurz danach schlief sie ein.

Irgendwann erwachte sie und stellte fest, dass ihr Kopf schon weniger schmerzte. Sie drehte sich ein bisschen und schaute sich ihr Zimmer an. Wie sie wohl hierhergekommen war? Sie konnte sich nur noch daran erinnern, wie sie nach dem schönen Abend nach Hause gekommen war und Daniel plötzlich vor ihr stand. Er hatte wohl kaum den Krankenwagen gerufen, denn Anna war fest davon überzeugt, dass es Daniel völlig egal wäre, wenn er sie getötet hätte. Auch von ihrer Mutter konnte sie kaum glauben, dass diese an ihrem

Weiterleben interessiert gewesen wäre... Nun ja, sie würde es sicherlich irgendwann erfahren. Dann dachte sie an Samuel. Ob sie ihn irgendwann wiedersehen würde? Hoffentlich war sie bis Freitag gesund.

Einige Zeit später betrat der Arzt ihr Zimmer. Besorgt wechselte er ihren Verband und fragte sie, ob sie sich noch an etwas erinnern könnte. Anna war sich nicht sicher, ob sie Daniel verraten könnte, denn irgendwann würde sie ja wieder nach Hause müssen und wenn Daniel dann davon erfahren würde, würde er sie sicher totschlagen. Daher zuckte sie kopfschüttelnd die Schultern. Der Arzt fragte sie noch, ob sie wisse, wie sie heisse und wo sie wohne, dies konnte sie beantworten. Das beruhigte den Arzt offensichtlich, denn er notierte sichtlich zufrieden etwas auf seinen Notizblock. Dann drehte er sich erneut zu Anna herum, und sagte zu ihr: „Frau Batuli, draussen wartet jemand, der Sie gerne besuchen möchte. Ist das in Ordnung für Sie?" Anna schaute ihn überrascht an. Jemand wollte sie besuchen? Wer solle das sein? Es interessierte sich doch nie jemand für sie? Der Arzt lächelte und sagte „Stimmt, Sie sollten schon wissen, wer Sie besuchen möchte. Es ist ein junger Mann, der Samuel Abass heisst. Kennen Sie so jemanden?" Anna begann zu strahlen. Zwar konnte sie sich nicht vorstellen, woher Samuel wissen sollte, dass sie hier war, aber ihn zu sehen, wäre wirklich toll!

Auch Samuel schien sich zu freuen, sie zu sehen, aber er schaute sie auch sehr besorgt an. Anna versuchte trotz der pochenden Kopfschmerzen zu lächeln, aber vermutlich gelang ihr das nicht wirklich. Zum Glück fragte Samuel sie aber auch nicht aus, sondern streichelte nur vorsichtig über ihre Backen. Nach kurzer Zeit verabschiedete er sich, versprach aber, am nächsten Tag auf jeden Fall wieder vorzuschauen.

Anna ging es am nächsten Tag schon viel besser. Die Zeit, bis Samuel endlich kam, wollte fast nicht vergehen. Endlich aber öffnete er die Tür! Heute traute sie sich ihn zu fragen, woher er wisse, dass sie hier ist. Samuel zögerte zuerst, doch dann gab er zu: „Weisst du, du warst so komisch nach dem Verabschieden und ich war so neugierig, dass ich dir heimlich gefolgt bin. Aber du hast dann die Wohnungstüre hinter dir geschlossen und ich habe mich wieder umgedreht. Da hörte ich plötzlich eine brüllende Männerstimme aus deiner Wohnung und dann einen spitzen Schrei von dir und irgendetwas poltern. Ich drehte sofort um und klingelte Sturm. Aber niemand öffnete. Da rief ich mit meinem Handy die Polizei, denn ich hatte grosse Angst. Diese kam und klingelte ebenfalls. Doch wieder öffnete niemand. Dann brach sie die Tür auf und da sahen wir dich im Flur, blutüberströmt. Sofort riefen die Polizisten den Notarzt. Ich kniete neben dir und betete ohne Unterbrechung, dass du es überleben wirst. An den Mann, den ich gehört hatte, habe ich gar nicht mehr gedacht, bis ein Polizist plötzlich mit einem älteren Mann im Schwitzkasten vor mir stand. „Kennen Sie diesen Mann?" Ich verneinte und die Polizei führte ihn ab. Dann kam der

Notarzt, versorgte dich und brachte dich hierher. Nun sag mir bitte, Anna, wer war dieser Mann? Bist du mit ihm... verheiratet?" Anna schüttelte entsetzt den Kopf. „Samuel, nein, das war Daniel. Er ist mit meiner Mutter verheiratet- und mein Stiefvater." Samuel schien erleichtert, dann fragte er „Hat er dich so zugerichtet?" Anna nickte. Dabei stiegen ihr die Tränen in die Augen. Samuel wischte sie vorsichtig von ihrer Backe und fragte „hat er dich schon öfter geschlagen?" Wieder konnte Anna nur weinend nicken. Daraufhin nahm Samuel sie vorsichtig in den Arm. „Wenn du wieder gesund bist, gehst du nicht mehr zu ihm zurück. Du kannst bei mir wohnen, wenn du möchtest. Ich werde auf dich aufpassen!" Anna schluchzte glücklich auf und schmiegte sich ganz fest an Samuels weiche Unterarme...

Als sie entlassen wurde, kam sie zu Samuel. Daniel wurde angezeigt wegen „Körperverletzung und versuchter Tötung". Bei Samuel lebte Anna im Paradies. Er verwöhnte sie, wo er nur konnte. Endlich hatte Anna ein Zuhause gefunden. Trotzdem schien sie nicht glücklich zu sein. Immer wieder grübelte sie vor sich hin. Auch ihre Arbeit konnte sie nur schlecht ausüben. Samuel ging jeden Sonntag in die reformierte Kirche. Der Pfarrer dort war sehr nett und Anna mochte den Mann. Eines Tages fasste sie sich ein Herz und fragte ihn nach dem Gottesdienst:

Der verwirrende Dialog mit Pfarrer Lutz

„Lieber Pfarrer Lutz, darf ich dir eine Frage stellen?" Der Pfarrer lächelte sie voller Güte an: „Aber natürlich, Anna, du darfst mich immer alles fragen!" Sie nahm ihren ganzen Mut zusammen, denn eigentlich fand Anna ihre Gedanken dümmlich. Andererseits hatte sie ja nichts zu verlieren, denn falls der Pfarrer sie hinterher für verrückt halten sollte, könnte sie auch im Nachbardorf die Kirche besuchen.

„Okay, dann versuche ich es mal. Also, mich beschäftigt seit einiger Zeit eine Frage zum Thema vergeben: Es gibt doch manchmal Aktionen oder Sprüche von Menschen, die einen als Kind geprägt haben und mit denen man auch als Erwachsener immer wieder konfrontiert wird. Zum Beispiel, weil einen etwas erinnert, weil man in manchen Sachen überreagiert wenn diese einen zu sehr an vergangene Erfahrungen erinnert oder so. In der Kirche heisst es doch immer, man soll eben vergeben, und dann sei alles vergessen. Was ist aber, wenn man durch irgendetwas daran erinnert wird oder weil man schlechte Eigenschaften auf andere zurückführt oder mit ähnlichen Äusserungen konfrontiert wird und dann vielleicht doch wieder sauer auf jemanden ist - dann hat man ja eigentlich nicht vergeben, obwohl man vorher durchaus ernsthaft vergeben hat. Wann weiss man eigentlich, ob man vergeben hat? Und vor allem, wie sieht es dann mit der Vergebung der eigenen Sünden aus? Ist es überhaupt möglich, jemandem komplett zu vergeben, oder vergibt man nicht doch immer wieder? Was ist mit Sachen, die manchmal weh tun- ist man dann automatisch auf jemanden böse?"

Der Pfarrer hörte Anna geduldig zu. Er unterbrach sie kein einziges Mal, doch als sie fertig war, runzelte er nachdenklich die Stirn und atmete ein paarmal tief durch, bevor er zu einer Antwort ansetzte:

„Anna, das ist so: In der Bibel kommt das Wort „vergessen" nie im Zusammenhang mit „vergeben" vor. Du kannst selbst einmal nachschauen. Die Aussage „vergeben = vergessen" ist also in ihrer absoluten Form biblisch nirgends gefordert und menschlich nur möglich, wenn jemand an „Gedächtnisschwund" leidet. Ein hoher Geistlicher hat dazu einmal gesagt „Vergessen ist es, wenn es uns beim Gedanken an das früher erlittene Unrecht nicht mehr weh tut". Das gelingt lange nicht bei jeder Ungerechtigkeit, die ein Mensch erlitten hat. Übrigens: Schmerz empfinden ist ja das Zeichen, dass etwas nicht ganz gut ist. Und im Natürlichen können verheilte Narben auch immer mal wieder schmerzen–vor allem bei Wetterwechseln. Da stelle ich mir dann die Frage, ob ich schuld bin, wenn mir meine Narben hin und wieder wehtun? Klage ich damit automatisch den Verursacher der Verletzung wieder an? Ich denke nein."

Nun war Anna diejenige, die erst einige Zeit stillschweigend über die gesagten Worte nachdenken musste. Sie überlegte sich, ob sie immer die Täter anklage, wenn ihr etwas weh tut und kam zu dem Schluss, dass dies wahrscheinlich schon so der Fall war. Sicherheitshalber fragte sie deshalb nochmals nach:

„Also, wenn ich jemandem vergebe, muss ich das, was er getan hat, nicht gut heissen- aber ich hake es ab und stelle es nicht mehr zwischen uns. Und wenn derjenige trotzdem nichts mehr mit mir zu tun habe möchte, oder seinerseits böse auf mich ist- ist das ja im Prinzip sein Problem und dann nicht mehr meins? Ist das richtig so?"

Der Pfarrer schaute Anna sehr nachdenklich an. Erst hatte sie Angst, dass sie mit ihrer Frage doch nicht richtig lag, und die Sache mit dem Vergeben noch viel komplizierter war, als sie es sich vorstellen konnte. Dabei war das doch für Anna sowieso ein schwieriges Thema. Endlich räusperte sich der Pfarrer und antwortete:

„Ja, Anna, du hast schon Recht. Vergeben ist nicht dasselbe wie gutheissen und wenn du jemandem etwas vergeben hast, ist von deiner Seite aus alles getan. Ist die andere Seite dann immer noch böse, ist das ihr Problem, und du bist fein heraus.". „Allerdings..." fügte der Pfarrer nach einer kurzen Atempause stirnrunzelnd und vorsichtig hinzu: „kann ich mir gar nicht vorstellen, warum dir jemand wegen irgendetwas böse sein sollte. Magst du mir das vielleicht einmal erzählen?"

Anna erschrak: Oh nein, nur das bitte nicht! Wenn der Pfarrer erfahren würde, wie schrecklich und schwierig sie als Kind für ihre Mutter und ihre Brüder gewesen war, würde er sie hassen. Das stand für Anna ausser Frage. Andererseits hatte sie ein grosses Bedürfnis, diese Lasten einmal los zu werden. Vielleicht würde ihr eine Beichte bei diesem lieben Pfarrer ja helfen und ihr einen Teil Schuld abnehmen? Annas Herz schlug wie verrückt, ihre Hände waren eiskalt und ihre Knie zitterten vor Angst. Der Pfarrer bemerkte ihre Aufregung und schlug ihr deswegen vor, in seinem Büro einen warmen Kakao zu trinken und sich gemütlich hinzusetzen. Anna schaute fragend zu Samuel, der ermunternd nickte und hinzufügte „Ich muss eh noch etwas zuhause erledigen, mach ruhig und komme dann einfach irgendwann nach Hause…" Also willigte sie ein, voller Sorge, dass sie dieser liebe Mensch sicher nie mehr freundlich anschauen würde und gleichzeitig voller Hoffnung, ihre ganze Schuld irgendwo abladen und damit sühnen zu können.

Das Büro des Pfarrers war sehr warmherzig eingerichtet. Ein schwarzes Ledersofa und ein schwarzer Ledersessel standen um einen kleinen Glastisch, auf welchem Blumen und nach leckerer dunkler Schokolade duftender Kakao standen. Anna sass auf dem Sofa, rührte in dem Kakao, nippte hin und wieder an ihrer Tasse und wagte es nicht, den Kopf zu heben. Der Pfarrer sass ihr gegenüber im Sessel und schaute Anna geduldig zu. Irgendwann hielt sie diese Stille nicht mehr aus, stellte die Tasse zurück auf den Tisch, vergrub ihre Hände in den verschränkten Armen, damit der Pfarrer nicht bemerkte, wie sie zitterte. Mit leiser Stimme begann sie, völlig verzagt, ihm ihre ganze Lebensgeschichte vorzutragen. Als sie fertig war, traute sie sich kaum, den Pfarrer anzuschauen. Sie war felsenfest davon überzeugt, dass er sie genauso schlecht und dumm fand, wie ihre Familie und dass es ihr klarmachen würde, dass sie schuld an der ganzen Misere ihrer Familie sei. Sie war gespannt, was er von ihr als Sühne verlangen würde. Oder würde er ihr sogar verbieten, künftig seine Kirche zu betreten, weil ihm jetzt klar war, aus was für einer Familie sie stammte?

Der Pfarrer unterbrach ihr Gedankenkarussell: „Zuerst einmal, liebe Anna, tut es mir sehr leid!" Anna glaubte, sie würde nicht richtig hören. Leid? Sie tut ihm leid?? Der Pfarrer fuhr fort: „Du hast da ja einen ganz schön schweren Rucksack mitbekommen, und es tut mir sehr leid, dass du das alles so erleben musstest...."

Anna war restlos verwirrt und bekam vor Schreck gar nicht mehr mit, was der liebe Pfarrer alles zu ihr sagte. Ihr wurde plötzlich flau im Magen und sie bat den Pfarrer, sie zu entschuldigen, weil sie einen ganz wichtigen Termin vergessen hätte. Sie fügte noch hinzu, dass sie gerne bei anderer Gelegenheit auf ihn zukommen würde. Keine Reaktion abwartend stürzte Anna aus dem Haus, rannte keuchend nach Hause, warf sich auf ihr Bett und begann erst einmal zu heulen. Eine halbe Stunde, eine Packung Papiertaschentücher und 3 Liter Tränenflüssigkeit später konnte sie sich soweit beruhigen, dass sie über seine Worte nachdenken konnte. Sie konnte es immer noch nicht fassen, dass der Pfarrer ihr den Kopf dran gelassen hatte und noch weniger, dass sie ihm sogar leid tat. Das war doch völlig verkehrte Welt! Ihre ganze Kindheit hindurch wurde Anna gepredigt, wie schlecht, böse und dumm sie sei. Dass sie sämtliches Unglück der Erde verdient und sämtliches Glück völlig unverdient hatte, gehörte zu den täglichen Standardsätzen. Anna war völlig klar, dass Daniel sie nur hasste, weil sie so niederträchtig war. Ebenso konnte sie verstehen, dass ihre Mutter enttäuscht von ihr war. Auch dass ihre Brüder nie mit ihr gesehen werden wollten, war Anna klar: Sie war ja auch das mit Abstand hässlichste, abstossendste, blödeste, behindertste und unbegabteste Kind der ganzen Schule und des ganzen Ortes...

Und da sagte der Pfarrer zu ihr, sie täte ihm leid. Da Anna davon ausging, dass er mit Sicherheit nicht plötzlich mit absoluter Blödheit geschlagen war, weil er einer der intelligentesten und erfolgreichsten Männer war, die sie kannte, musste ja irgendetwas Wahres an seinen Worten sein. Aber sie standen im krassen Gegensatz allem, was ihre Eltern, ihre Brüder und auch ihre Lehrer je über sie sagten. Es konnte ja auch nicht sein, dass diese alle falsch lagen. Anna war komplett verwirrt, dachte Tag und Nacht darüber nach, wer wohl nun am ehesten Recht haben konnte und kam doch zu keinem einzigen Schluss.

Zweiter Besuch bei Pfarrer Lutz

Im Büro wurde es für Anna immer schwieriger, sich auf die Arbeit zu konzentrieren. Während sie an ihrem Schreibtisch sass, schweiften ihre Gedanken immer wieder zu dem verwirrenden Gespräch mit Pfarrer Lutz ab. Wenn sie abends in ihrem Bett lag, konnte sie nicht einschlafen, weil ihre Gedanken sich um ihre Büroarbeit drehten. Ihre Pendenzen nahmen von Tag zu Tag zu und ihr Chef wurde immer öfter ungehaltener, weil sie irgendwo einen Fehler gemacht oder etwas Wichtiges vergessen hatte. Auch ihre Kolleginnen ärgerten sich zunehmend über Annas Unzuverlässigkeit. Irgendwann bat sie ihr Chef um ein Gespräch in seinem Büro. Klopfenden Herzens ging Anna in sein Büro und setzte sich auf den harten Stuhl ihm gegenüber. Er sah sie ernst und kritisch an und machte ihr in fünf Minuten klar, dass es so nicht weitergehe und wenn sich nicht bald etwas ändere, er ihre Anstellung nicht mehr für tragfähig halte.

Anna war total enttäuscht. Ihr Chef legte ihr nahe, für den Tag nach Hause zu gehen und darüber nachzudenken, ob sie sich nicht vielleicht doch etwas mehr anstrengen könne. Er empfahl ihr zudem einen Arztbesuch, falls sie psychische Probleme hätte... Anna packte ihre Sachen zusammen und schlich aus dem Büro. Zum Glück sprach sie keiner der Kollegen an, denn alle waren in ihre Arbeit vertieft. Draussen auf der Strasse liefen dann die Tränen. Was sollte sie jetzt bloss tun? Sie wollte auf keinen Fall, dass Samuel davon erfahren würde, denn sie hatte grosse Angst, dass er sie sonst verlässt. Zudem wäre es sehr peinlich, psychische Probleme zu haben. Was nur sollte sie jetzt tun?

In ihrer Not kam Anna auf die Idee, Pfarrer Lutz um einen kurzen Termin zu bitten. Sie würde ihm einfach sagen, dass sie zum letzten Gespräch noch eine Rückfrage hatte. Wie von dem liebenswerten Mann nicht anders zu erwarten war, lud er sie gleich für den Nachmittag wiederum in sein Büro ein und servierte ihr wieder einen schmackhaften Kakao. Mit gütiger Miene lächelte er sie an und fragte „Na Anna, was ist dir noch eingefallen, was du mich fragen möchtest?"

Anna rührte in ihrem Kakao und dachte einen Augenblick nach bevor sie die möglichst neutrale Frage stellte: „Also, lieber Pfarrer, kann man sagen, dass man jemandem vergeben hat, wenn man ihm keine Schuld gibt. Also wäre es dann okay für die eigene Seele und das Verhältnis zu Gott, wenn man sich zwar der Defizite bewusst ist, aber keinen Schuldigen sucht, sondern akzeptiert, dass die Umstände so waren, dass man das nicht ändern kann, dass es einen geprägt hat und dass man jetzt das Beste daraus macht?"

Mit klopfendem Herzen wartete Anna auf seine Antwort, während sie weiterhin in ihrem dampfenden Kakao rührte und dabei vermied, den Geistlichen anzusehen. Pfarrer Lutz meinte nach einer kurzen Zeit: „Anna, die Frage ist mir zu vage. So kann ich sie nicht beantworten, kannst du nicht ein bisschen konkreter werden?"

Nicht auch das noch! Nun hatte sie die Frage bewusst neutral gestellt, um niemanden zu beschuldigen, und nun hakte er auch noch nach. Anna versuchte, ihm auszuweichen und stotterte: „Aber... ich wollte kein Fass aufmachen... Es ist auch gar nicht schlimm... Ich weiss nur nicht... Woran merke ich, ob ich jemandem vergeben habe?" Der Pfarrer sah Anna nachdenklich an: „Magst du mir nicht sagen, um was es geht? Dann kann ich dir vielleicht helfen." Mit gesenktem Kopf rührte sie weiter in meinem Kakao und versuchte, die aufsteigenden Tränen hinunterzuschlucken. Bloss nicht auch noch vor diesem netten Geistlichen weinen, das wäre doch wirklich ZU peinlich. Nach einer Weile, während der Pfarrer geduldig abwartend geschwiegen hatte, raffte sie sich doch zu einer Erklärung auf:

„Du hattest einmal gesagt, dass in dem Ausmass, in dem ich dem Schuldigen vergebe, mir auch vergeben wird. Was das menschliche Gegenüber tut und wie schlimm diese Tat sei, wäre für die Vergebung irrelevant. Woran merke ich aber, ob ich vergeben habe? Ich will ja meiner Mutter und meinen Brüdern vergeben, weil es mir erstens nichts bringt, einen Schuldigen suchen zu wollen und zweitens sie mir wegen Krankheiten nicht mehr geben konnten. Trotzdem fehlt mir etwas in der Entwicklung und vor allem will ich diese Kette unterbrechen.

Damit meine ich, dass familiäre Probleme oftmals in die nächste Generation übergehen und ich nichts davon weiterreichen will. Dass ich akzeptiere, dass ich die Vergangenheit und meine Ursprungsfamilie nicht ändern kann. Dass ich aber so natürlich nicht weitermachen will. Was aber nur geht, wenn ich mich dem stelle und daran arbeite? Was natürlich bedingt, dass es manchmal doch weh tut, dass Defizite vorhanden sind- auch wenn Selbstmitleid ja nicht weiterhilft- aber teilweise muss ich die Defizite ja aufarbeiten und Ängste abarbeitenKürzlich las ich irgendwo von einem Psychologen, dass echte Vergebung nur möglich sei, wenn man auch alles verarbeitet hat. Und das habe ich wahrscheinlich nicht, sonst würde ich ja nicht dauernd drüber nachdenken und wäre nicht permanent gestresst. Da bin ich ja dran- nur das dauert unter Umständen. Und die Aussicht, dass Gott einem so lange dann auch nicht vergibt, ist nicht tröstlich. Zumal ja nicht klar ist, was passieren würde, wenn in der Zeit dann Jesus wiederkommt..."

Puh, jetzt war es draussen! Anna nahm einen Schluck von dem inzwischen kalt gewordenen Kakao und wartete die Antwort des Pfarrers ab. Dieser schaute sie einige Zeit an und überlegte. Nach einiger Zeit, in der Anna ihren Kakao leerte, setzte er zu einer Antwort an:

„Tja Anna, also wenn du ganz bewusst deinen Eltern vergibst, wird das bei Gott auch so sein. Du musst dir dann keine Angst machen, dass er an dir vorbeigehen würde. Dass du so nicht weitermachen willst, wie deine eigene Familie, ist mir völlig klar! Vielleicht solltest du einmal versuchen, dich positiv zu betrachten. Ich werde dir etwas aufschreiben dazu, dass du dir einmal täglich durchlesen kannst. Möchtest du so lange noch einen Kakao trinken, bis ich es geschrieben habe?"

Anna verneinte und wartete gespannt, was er ihr wohl schreiben würde. Während er eifrig auf einen kleinen Zettel Notizen machte, beobachtete sie den Mann. Er sass mit leuchtend weissem und trotz seines Alters noch vollem Haar auf seinem Schreibtischstuhl und wippte die ganze Zeit unruhig hin und her. Wäre er ein Kind, würde man ihn wohl als hyperaktiv diagnostizieren. Seine blauen Augen leuchteten, blickten immer wieder rasch zu ihr, um sich dann wieder auf den Zettel zu konzentrieren. Mit seinem grauen Anzug, der dazu passenden Krawatte und einem gestreiften Hemd wirkte er sehr korrekt, aber sein Gezappel und der Schalk in seinen blauen Augen passten gar nicht recht dazu. Einen kurzen Moment ertappte Anna sich dabei, sich vorzustellen, wie ihr Leben wohl verlaufen wäre, wenn sie seine Tochter gewesen wäre... Pfarrer Lutz unterbrach Annas Tagträume, indem er ihr den vollbeschriebenen Zettel herüberschob: „Hier, Anna, lies mal, ob das so passt!" Gespannt begann sie zu lesen...

„Lieber Gott, Du kennst mich und liebst mich, genauso, wie ich bin. Ich brauche mich vor niemandem und nichts zu verstecken, weil ich für meine Familie und auf der Arbeit jeden Tag eine Top-Leistung bringe. Du kennst meine Ängste und auch alles, was ich in der Vergangenheit durchleben musste. Ich erkenne, dass diese Erlebnisse in mir Unsicherheit und Ängste hervorrufen. Gib mir die Kraft, jeden Tag etwas selbstsicherer und stärker zu werden. Bewahre mich und meine ganze Familie und lass mich auch akzeptieren, dass Fehler normal sind. Ich hoffe auf Dich und bitte Dich, mich in meinem Bestreben, stärker und sicherer zu werden, sichtbar zu unterstützen."

Wow, Anna war erschlagen. Hatte der Pfarrer da wirklich über sie geschrieben? Ehrlich gesagt konnte sie sich das gar nicht recht vorstellen. Denn weder glaubte ich, dass Gott mich wirklich liebt. Noch, dass sie etwas tauge- auf der Arbeit vermasselte sie doch ständig etwas, in ihrer Familie mochte sie niemand... Nein, unter Top-Leistung würde ich etwas anderes verstehen.

Anna nahm dann ihren ganzen Mut zusammen, und erzählte dem Pfarrer von dem Gespräch mit ihrem Chef. Wieder schaute sie der Mann nachdenklich an, bevor er ihr sagte „Anna, vielleicht bist du momentan wirklich etwas überfordert mit allem. Das wäre gut zu verstehen, bei allem was du mitgemacht hast und auch jetzt noch zu tun hast. Ich würde dir raten, noch heute zu deinem Hausarzt zu gehen und ihm das zu schildern. Vielleicht hast du ja so etwas wie eine Erschöpfungsdepression... „ Als er Annas Schreck sah, setzte er noch schnell hinzu: „Das ist ja nichts Schlimmes,

Anna, und immer noch besser, als wenn du versuchst, so weiterzumachen. Vielleicht würde es dir ja helfen, wenn er dich mal eine Woche oder so krankschreibt. Weisst du, es wäre sicher besser, er schaut vielleicht auch nach Blutwerten und so- auf jeden Fall besser, als wenn du noch gekündigt wirst. Okay?" Anna nickte.

Der Pfarrer verabschiedete sich mit einem herzlichen Handschlag von Anna: „Und wenn irgendetwas ist, melde dich einfach bei mir, okay? Du kannst mir jederzeit ein Mail schreiben oder anrufen. Ich bin auch gespannt, was der Arzt meint..." Überrascht sah Anna ihn an. Er wollte, dass sie sich wieder bei ihm melden sollte? Ein kleines Lächeln huschte über ihr Gesicht, als sie sagte „Ja, ich melde mich gerne! Danke für Alles!"

Die ärztliche Diagnose

Anna ging, wie Pfarrer Lutz es empfohlen hatte, noch nachmittags zu ihrem Hausarzt. Sie erzählte ihm, dass sie mit der Arbeit völlig überfordert sei momentan und dass sie nachts nicht schlafen könne. Zudem schilderte sie ihm ihr Herzrasen, ihre ständige innere Unruhe, ihren Grübelzwang und ihre permanente Übelkeit. Er schrieb sie gleich für eine Woche krank und bestellte sie für den nächsten Tag zu einem Bluttest um hormonelle Störungen auszuschliessen und drei später sollte sie zur Ergebnisbesprechung wiederkommen.

Die drei Tage verstrichen sehr langsam. Anna kam jetzt morgens nicht aus dem Bett, sie wartete, bis Samuel aus dem Haus war, und schlich stundenlang unruhig durch den Park oder die Stadt. Mit viel Mühe konnte sie sich dann zwingen, wenigstens noch einzukaufen und für sich und Samuel zu kochen. Sie hoffte, dass der Hausarzt etwas finden würde, das mit Medikamenten behoben werden könnte.

Endlich war der Termin beim Arzt zur Besprechung der Laborwerte gekommen und klopfenden Herzens nahm Anna in seinem Sprechzimmer Platz. Bis er endlich kam, verbrachte sie die Zeit mit Aufregung und Stossgebeten „Bitte, lieber Gott, mach, dass es nicht ernsthaftes ist und aber auch etwas, das sich schnell beheben lässt. Bitte, bitte!"

Der Arzt begrüsste Anna und setzte sich an seinen PC, um sich die Ergebnisse anzuschauen. Lange Zeit sagte er nichts, bis er sie strahlend anschaute „Ihre Blutwerte sind spitze, eigentlich müsste es Ihnen supergut gehen!". Anna traute ihren Ohren kaum. Kein Hormonmangel? Kein Eisenmangel? Keine ernsthafte Krankheit? Nichts? Ihr müsste es gut gehen? Warum, um Himmels Willen, ging es ihr dann so schlecht?

Auf diese Frage hatte der Arzt eine ganz einfache Antwort: „Wenn nichts körperliches dahinter steckt, wird es wohl etwas psychisches sein. Ich würde Sie auf jeden Fall gerne zu einem Psychiater überweisen, damit er sich das einmal anschaut… Bis dahin schreibe ich Sie krank."

Zum Glück war der Termin beim Psychiater kurzfristig zu Beginn der folgenden Woche möglich, denn Anna konnte nun vor lauter Sorge gar nicht mehr schlafen. Was würde ihre Familie wohl dazu sagen, wenn sie jetzt nicht nur „behindert" sondern auch noch „verrückt" sei?

Endlich kam der Termin beim Psychiater. Aufgeregt ging Anna hin, meldete sich am Empfang an und wartete ungeduldig im Wartezimmer. Währenddessen schaute sie sich die anderen Patienten an. Da war eine Frau, in Leggins, einem schmuddeligen T-Shirt, die Augen gesenkt- so wie man sich jemand psychisch Krankes vorstellt. Zudem sass noch ein Ehepaar Hand in Hand nebeneinander. Der Mann schaute immer wieder besorgt zu seiner Frau, welche ein Kopftuch trug und demnach offensichtlich Muslime zu sein schien. Auch hier konnte Anna sich gut vorstellen, dass sie wohl psychische Probleme hatte. Spontan dachte sie, dass dafür ja religiöse Gründe oder die Unterdrückung muslimischer Frauen eine Rolle spielen könnten. Ja, diesen Personen konnte Anna ansehen, dass sie psychisch krank waren und sich auch vorstellen, dass es Gründe dafür gab. Aber bei sich? Anna trug eine modische Jeans, eine ordentliche, modische Bluse, modische Turnschuhe, sorgfältig ausgewählten Schmuck und hatte sich extra geduscht morgens um einen guten Eindruck zu machen. Zudem weinte sie nie in der Öffentlichkeit, sondern erschien immer allen als freundliche Persönlichkeit. Ob die Idee wirklich richtig war, einen Psychiater aufzusuchen? Anna versuchte, sich Mut zu machen, indem sie sich vornahm, sonst künftig keinen Termin bei ihm mehr wahrzunehmen, wenn es nicht das Richtige für sie war- aber sich vorerst darauf einzulassen. Sie hatte ja eigentlich nichts zu verlieren.

Plötzlich ging die Türe auf, und eine junge flippige Frau kam strahlend zur Türe herein und wünschte allen fröhlich einen guten Morgen. Dies sollte auch eine Patientin sein? Wahrscheinlich war sie schon am Ende ihrer Behandlung...

Dann kamen die Psychologen, um ihre Patienten abzuholen. Anna musste auf ihren Psychiater noch kurz warten, bevor er sie abholte und vor sich ins Zimmer treten liess. Das Büro war nett eingerichtet mit bequemen orange farbigen Sesseln und einem kleinen Tisch mit Äpfeln in der Mitte. Zuerst liess er Anna ihr Leben schildern und kam schnell zu dem Schluss, dass es sich um eine Erschöpfungsdepression handen müsse. Er verschrieb ihr etwas Pflanzliches und schrieb sie für weitere Wochen krank.

Voller Hoffnung, dass es ihr nach den zwei Wochen besser gehen würde, ging Anna noch in den Buchladen um die Ecke. Sie wollte die Zeit nutzen, um wenigstens etwas zu lesen und so hoffentlich auch andere Gedanken zu kommen...

Annas problematische Familie

Mit ihrem Roman setze sich Anna an einem sonnigen, warmen Frühlingsnachmittag auf eine Bank im Stadtpark. Die Vögel zwitscherten, die Bienen summten, auf dem nahen Spielplatz waren fröhliche Kinderstimmen zu hören Anna genoss die ersten Sonnenstrahlen. Sie schlug das Buch auf und begann zu lesen. Es handelte sich dabei um die Geschichte einer Frau, welche sich daran machte, die Traumata ihrer Kindheit zu bearbeiten, um ihre eigene aktuelle Beziehung zu retten. Irgendwann kam sie an eine Stelle, an der die Hauptdarstellerin ihre Probleme mit ihrem älteren Bruder schilderte, welcher immer gemein zu ihr war, sie mit herablassenden Kommentaren über ihre Dummheit und ihre Hässlichkeit abwertete und ihr in der Kindheit viele Spielsachen kaputt machte. Trotzdem war er immer der Liebling ihrer Eltern gewesen.

Anna liefen die Tränen über die Wangen, so sehr wurde sie beim Lesen an ihre eigene Kindheit und ihre gemeinen grossen Brüder erinnert. Ihr wurde schlagartig klar, dass ihre momentanen psychischen Probleme an ihrer Familie lagen. Wenn Anna je aus dieser Grübelspirale rauskommen wollte, musste sie diese Probleme verarbeiten.

Am nächsten Tag ging Anna erneut in ihre Buchhandlung. Dieses Mal suchte sie explizit nach einem Ratgeber für schädigende Familienbeziehungen. Sie stellte erschüttert fest, dass es in ihrer Familie sehr viele schädigende Stellen gab und dass sie sich eigentlich gar nicht wundern musste, wenn sie dadurch psychische Probleme davontrug:

- <u>Elterliche Perfektion</u>: Das bewirkte dieses Gefühl, dass Anna sich die ganze Schuld an dem zerrütteten Verhältnis zu ihrer Mutter und ihren Brüdern gab. Indem sie ihr vermittelten, dass sie „behindert" und „nur eine Last" war, getraute sich Anna gar nicht erst, jemanden aus ihrer Familie in Frage zu stellen

- <u>Vernachlässigung</u>: Ihre Mutter hatte sich nie um Anna gekümmert. Oft gab es nicht einmal genügend Essen zuhause. Ihre Bedürfnisse nach Lob und Liebe wurden nicht ernst genommen und auch nicht befriedigt. Dadurch konnte Anna kein gesundes Selbstbewusstsein entwickeln. Sie war eigentlich gar keine Persönlichkeit.

- <u>Alkoholismus</u> innerhalb einer Familie: In einer Familie mit Alkoholproblemen haben immer alle Familienmitglieder ein Problem. Daniel selbst war derjenige, der in Annas Familie darunter litt. Ihre Mutter war co-abhängig, da sie von Daniel finanziell abhängig war und so seine Alkoholsucht tolerierte und sogar unterstützte. Annas Brüder nahmen sich Daniel als Vorbild und tranken mit. Annas Rolle bestand darin, für die Familie zu sorgen, sowohl nach Daniels Erwerblosigkeit finanziell als auch den Haushalt führen. Obwohl sie die Jüngste war, musste sie als „Grosse" funktionieren. Ihre eigenen Bedürfnisse musste sie daher denen ihrer Familie so lange unterordnen, bis sie sie selbst nicht mehr wahrnahm.

- <u>Verbale Misshandlung</u>: Dadurch, dass Anna ständig von ihrer Mutter und ihren Brüdern verbal niedergemacht wurde und auch keine Chance hatte, sich gegen ihre Familie zu wehren, musste sie die verbalen Anschuldigungen erdulden. Irgendwann glaubte sie ihrer Familie einfach, dass sie „dumm, hässlich und behindert" sei. Natürlich ist es schlecht, wenn jemand so ein negatives Selbstbild von sich verinnerlicht hat, denn Anna würde sich nie gegen andere wehren können, wenn sie ihr eigenes Bild von sich nicht verändern kann.

- <u>Körperliche Misshandlung</u>: Vor allem von Daniel, aber auch von ihren Brüdern wurde Anna viel geschlagen. Als Grund wurde immer sie selbst angegeben, als hätte sie die Schläge verdient. Überlegen Sie sich einmal, wenn Ihr Ehepartner Sie heute Abend mit einem Gürtel schlagen würde. Würden Sie sich das gefallen lassen? Ich gehe davon aus, dass das nicht der Fall ist (sonst müssten Sie sich bitte dringend an Ihren Hausarzt wenden und Hilfe suchen!). Aber ein Kind, welches von klein auf so von den eigenen Eltern misshandelt wurde und dem klar gemacht wurde, es hätte es auch nicht anders verdient, weil es so „böse" sei, wird nie lernen, sich zu wehren. Es wird einfach glauben, dass es „böse" sei, es wird versuchen, möglichst wenig Ärger zu erzeugen und wird irgendwann über sich selbst verzweifeln, weil es meint, dass es das nicht schafft. Dabei sind es die Eltern, die sich nicht im Griff haben und unfähig sind, auf ihre Kinder einzugehen.

- <u>Sexueller Missbrauch</u>:...

Hier konnte Anna endlich aufatmen, denn sexuellen Missbrauch kannte sie ja nicht. Sie war froh, dass sie so wenigstens einen Teil des Buches überblättern konnte. Sie wollte sich den Teil, der sie nicht betraf, aussparen und lieber im Zweiten Teil weiterlesen, wo es darum ging, wie man sein Leben trotz der Misshandlungen in den Griff bekommen kann. Sie schlug daher das Buch weiter hinten auf und begann, vermeintlich im zweiten Teil, weiterzulesen.

Plötzlich wurde ihr schlecht und es begann sich alles vor ihren Augen zu drehen. Annas Magen krampfte, der Schweiss trieb ihr aus allen Poren, und sie hatte das Gefühl, als würde sie demnächst in Ohnmacht fallen. Denn sie las gerade die Symptome für inzesstgeschädigte Menschen durch und sie passten eins zu eins auf ihre eigenen Probleme. Dabei wurde sie doch gar nie missbraucht und es konnte doch daher gar nicht sein, dass das so passt. Als Anna verwirrt darüber nachdachte, warum die Symptome passten, obwohl sie niemals in ihrem Leben sexuell missbraucht worden war, tauchten plötzlich aus dem Dunkel der vergrabenen Erinnerungen plötzlich Bilder an einen Abend während eines Kurzurlaubs in Köln hervor.

Annas Brüder

Als Anna knapp 12 Jahre alt war, war sie mit Daniel, ihrer Mutter und ihren Brüdern eine Woche in Köln in einem Nobelhotel. Am ersten Morgen schliefen sie lange aus, frühstückten gemeinsam ausgiebig, um danach ein wenig durch die Stadt zu bummeln. Daniel war den Tag über sehr grosszügig, und so ging die Familie einkaufen. Annas Brüder nützten die Grosszügigkeit von Daniel aus und kleideten sich neu ein. Daniels Mutter brachte Stunden in teuren Boutiquen zu, und liess sich von Daniel mit Komplimenten und schicken Designerkleidern verwöhnen. Bei Anna waren sich alle einig, dass es sich nicht lohnte, für sie Geld auszugeben. Denn eine Vogelscheuche würde kein Modestar werden, nur indem man ihr ein Cocktailkleid aus purpurner Seide anzog. Daher verbrachte Anna die meiste Zeit in Buchläden und vertrieb sich die Zeit im Kölner Dom.

Am ersten Abend ging die ganze Familie gemeinsam in teuren Restaurants speisen. Anschliessend gingen Daniel und ihre Mutter in eine Oper, während sich ihre Brüder gemeinsam in Diskotheken und Pubs herumtrieben. Anna ging mit ihren neu erworbenen Büchern in das Hotelzimmer, welches sie mit Marduk teilte, und schmökerte darin. Früh schlief sie darüber ein. Sie erwachte, als zwei ihrer Brüder lachend und gröhlend das Zimmer betraten. Beide waren ganz offensichtlich betrunken, denn sie schwankten sehr und lallten. Verschlafen bat Anna, sie möchten doch bitte in das andere Zimmer gehen, sie wolle weiterschlafen. „Ha, hör dir mal die an, die will pennen!" An der Stimme erkannte Anna, dass es Marduk war. Seine Zunge stiess an den Gaumen, während er weiterlallte: „Ha, mitten am Tag will die pennen. Boah ist die doof, ey, was meinst du, Levi". Aha, Levi war also der zweite Bruder. Levi rülpste ausgiebig, dabei übergab er sich ein wenig auf den Boden. „Upps, das war bisschen viel Bacardi Cola, was? Boah ist mir übel. Wo isn euer Klo?" Marduk lachte abschätzig „Du verträgst einfach nichts, Brüderchen". Noch einmal bat Anna vorsichtig, ob sie nicht in Levis Zimmer gehen könnten. Marduk schnaubte: „Nee, können wir nich, da pennt doch Jonathan. Den können wir nich wecken, ey." Anna stöhnte leise: „Ich will aber schlafen..." Marduk begann laut zu lachen, während Levi von der Toilette zurückkam. Levi lief noch ein wenig Erbrochenes aus den Mundwinkeln und er blickte Marduk verständnislos an. Irgendwann japste Marduk schliesslich nach Luft und erklärte seinem Bruder: „Die will pennen, ha ha ha, kannst du dir das vorstellen?" Levi schüttelte verständnislos den Kopf und wischte sich mit dem Handrücken über den Mund und anschliessend seine Hand an der Hose ab. Grinsend wandte sich Marduk an Anna: „He, wir haben Urlaub, da wollen wir doch Spass haben! Rutsch mal zur Seite, wir wollen Fernsehen". Er knipste den Apparat an, und schlüpfte zu Anna unter die Decke. Sein Atem roch nach Schnaps und Anna wandte sich angeekelt ab. Levi torkelte zu Marduks Bett, kroch hinein und rülpste noch einmal zustimmend.

Nach einiger Zeit spürte Anna, wie Marduks Finger über ihren Körper streichelten. Erst über ihren Rücken, dann über ihre Brüste. Anna traute sich nicht, sich zu bewegen, und erstarrte. Ihre Brüste wurden seltsam hart. Sie war total verwirrt, denn einerseits ekelte sie sich vor ihrem Bruder, der so nach Alkohol und Schweiss roch und röchelte. Andererseits, bedeuteten die harten Brüste, dass sie erregt war? Aber sie wollte keinen Sex mit ihm, er war doch ihr Bruder. Sie versuchte sich wegzudrehen, aber Marduks Finger krallten sieh wie Schraubstöcke in ihre Lenden. Anna schaute hilfesuchend Levi an, doch er grinste nur hämisch. Von ihm war keine Hilfe zu erwarten.

Im Ohr hatte Anna die Stimme ihrer Mutter „Wenn du schon mit uns nach Köln darfst, obwohl du hier zuhause eigentlich genug zu arbeiten hättest, dann sei wenigstens brav und ärgere Marduk nicht, wenn er schon mit dir ein Zimmer teilen muss. Klar? Wenn Daniel mitbekommt, dass sich jemand über dich ärgert, weisst du ja, was das bedeutet…" Dann würde Anna sicherlich wieder Schläge bekommen. Sie seufzte. Eigentlich war es ja egal, sie konnte nur zwischen Folter und Folter wählen…

Marduk streichelte über Annas Bauch. Es war komischerweise sogar ein wenig zärtlich. Wenn sie nur nicht dabei seinen Alkoholgeruch und seinen röchelnden Atem im Nacken gehabt hätte. Anna verkrampfte wieder. Zu seinem Bruder sagte Marduk abschätzig: „Schau mal, wie verkrampft unsere süsse Schwester noch ist..." Beide lachten gurgelnd. Dann packte Marduk Anna an den Unterschenkeln. Sie zuckte vor Schmerz zusammen. Sie wollte wieder weg, doch sie lag hilflos zwischen ihren Brüdern. Levi begann zu schnarchen. Marduk drehte Anna unnachgiebig zu sich herum, fummelte mit seinen Fingern zwischen ihren Schenkeln herum. Da stach es: Er stach mit seinen Fingern in ihre Scheide. Es schmerzte. Anna stöhnte leise. Marduk lachte: „Na, macht es dir doch Spass? Wusste ich es doch..." Anna liefen die Tränen über das Gesicht. Er nahm ihre Hand und steckte sie sich unter die Hose. Sie fühlte etwas Glitschiges, Hartes in ihrer Hand. Plötzlich wurde es feucht. Marduk stöhnte zufrieden auf und liess endlich von ihr ab. Einige Zeit blieb Anna regungslos liegen und hoffte, dass sie alles nur geträumt hat. Dann stand sie schwankend auf und ging ins Bad. Dort bemerkte sie, dass ihre Finger mit etwas Weissem verschmutzt waren. Schnell wusch sie es ab. Dann schaute sie ihre schmerzende Scheide an. Es blutete. Ihr wurde schlagartig klar, dass ihr Bruder sie entjungfert hatte. Ihr war übel, sie schwankte. Sie zwang sich, zu waschen. Dann schwankte sie, fast ohnmächtig vor Schmerzen, zurück zum Bett. Erleichtert stellte sie fest, dass beide Brüder schliefen. Sie kroch ganz vorsichtig zwischen die Beiden, um sie ja nicht zu wecken. Immer noch liefen ihr Tränen über die Wangen und sie zitterte am ganzen Körper. Ihre Brüder schnarchten. Ihr war kalt, aber sie getraute sich nicht, einem ihrer Brüder die Decke wegzuziehen. Schliesslich kam ihr eine Idee. Sie stand auf und ging zu ihrem Bruder

Jonathan ins Nachbarzimmer. Auch er schnarchte und hatte eine Alkoholfahne. Zuerst wollte Anna ihn wecken. Aber er grunzte nur im Schlaf. Anna gab es auf. Sie zog sich die Decke über den Kopf. An Schlaf war in der Nacht nicht zu denken. Zu gross war die Angst, Jonathan könnte es seinen Brüdern gleichtun oder einer der beiden anderen Brüder würde zu ihr kommen und weitermachen. Endlich dämmerte es. Totmüde wankte Anna in ihr Zimmer. Auch Marduk und Levi waren bereits erwacht. Marduk schaute sie warnend an: „Komme ja nicht auf die Idee, irgendjemandem etwas zu sagen! Sonst bekommst du Ärger von Daniel, und das willst du sicherlich nicht! Du weisst wie böse er werden kann! Zudem bist du ja selbst schuld, du wolltest es ja auch!"

Levi fragte neugierig: „Was meinst du denn?" Marduk sagte: „Nichts, es war nichts, nicht wahr, Anna?" Anna begriff, dass ihr ohnehin niemand glauben würde, wenn nicht einmal Levi als einziger Zeuge angeblich nichts mitbekommen hatte. Und sie war sich selbst ja nicht sicher, ob sie nicht schuld war. Immerhin hatte sie es ja geduldet und sich nicht gewehrt. Bevor ihr wieder die Tränen über das Gesicht liefen, ging sie schnell ins Bad und zog sich an. Wie sie den Tag überstand, wusste sie bereits abends nicht mehr. Auch nicht, wie sie die ganze Woche in Köln überstand, denn jeden Abend wiederholte sich die Tat. Endlich war diese Woche vorbei und Anna vergrub diese Erfahrung ganz tief in sich. So weit, dass sie es irgendwann vergass.

Erst an diesem Nachmittag, als sie den Roman las, kamen ihr die Erinnerungen bruchstückweise hoch. Ihr war übel, sie zitterte am ganzen Körper. Aber sie konnte Samuel, als er nach Hause kam, nichts davon sagen. Sie dachte, er würde sie dann nicht mehr lieben. Zudem hatte sie ihn ja betrogen... Denn als er fragte, ob sie schon einmal einen Freund hatte, hatte sie verneint. Auch bei der Frage, ob sie schon einmal Sex hatte, hatte sie verneint. Doch beim ersten Sex musste sie weinen, denn sie hatte Angst, er könnte ja merken, dass sie bereits entjungfert war. Jeder Sex war für sie grausam, jedes Mal hatte Anna unsägliche Schmerzen und Qualen, aber Samuel zuliebe riss sie sich zusammen. Oft täuschte sie einen Orgasmus vor, um ihn nicht zu enttäuschen. Warum, wusste sie nach einiger Zeit schon gar nicht mehr. Und Samuel gewöhnte sich daran, dass Anna eben keinen Sex mochte. Bis zu diesem Nachmittag, da brach alles über Anna herein.

Sie lief aus dem Haus, in der Hoffnung, frische Luft würde ihr helfen. Bei der Autobahnbrücke blieb sie stehen. Was wäre, wenn sie jetzt springen würde? Dann würde sie einem Autofahrer das Leben vermiesen. Bei der Eisenbahnbrücke dachte sie an den armen Zugfahrer. Am Bach hatte sie Angst, sie könnte den Sprung überleben. Sie hatte kein Seil dabei, um sich zu erhängen, und kein Messer, um ihre Pulsadern aufzuschlitzen. Sie riss sich zusammen und ging wieder nach Hause. Abends betrank sie sich das erste Mal in ihrem Leben. So liess sich der Schmerz besser aushalten.

Zudem schrieb sie ihrem Pfarrer Lutz ein Mail, in dem sie ihre Erinnerungen beschrieb. Seine Antwort warf sie komplett aus der Bahn:

„„Das was Dir da eingefallen ist, ist übrigens für mich typisch – und kommt leider viel öfter vor, als mir lieb ist. Solche Dinge werden verdrängt, sind dann aber eben doch da. Auch Deine Reaktion ist absolut typisch: man fragt sich, ob das nun ein Problem ist oder nicht, ob man zu empfindlich ist oder nicht. Für mich ist das was Du schilderst ein klarer Fall von Nötigung, und damit Missbrauch. Okay, er liegt wohl schon länger zurück, das macht die Sache aber nicht weniger schlimm. Leider müssen viele Frauen mit solchen Geschichten leben. Und schämen sich auch noch dafür (was Du auch nicht musst! Das sollten der andere und Dein Bruder tun. Vielleicht hilft es Dir, wenn Du es nun – im rechten Licht betrachtet – abhaken kannst)."

Missbrauch? Sie? Oh Gott... Statt sie aufzubauen zog Anna seine Antwort vollends runter.

Am nächsten Tag hatte sie zum Glück einen Termin bei ihrem Therapeuten und schilderte ihm mutig ihre Erinnerungen und die damit verbundenen Gefühle. Seine Antwort stand im krassen Gegensatz zu denen ihres Pfarrers: „Das sollten Sie nicht so prophylaktisch sehen, Sie hatten doch sicherlich auch Ihren Spass dabei..."

Zu viel!

An diesem Tag kam Samuel früher von der Arbeit und kümmerte sich um den Haushalt. Anna konnte einfach nicht mehr. Sie lag im Bett und heulte und grübelte abwechselnd vor sich hin. Die Last erschlug sie, sie konnte einfach nicht mehr. In ihrer Verzweiflung rief sie Pfarrer Lutz an und er machte gleich mit ihr einen Termin für den nächsten Vormittag in seinem Büro aus.

Diesmal verneinte Anna seine Frage nach einem Kakao, denn ihr war so übel, sie hatte Magenkrämpfe, hatte die ganze Nacht nicht geschlafen und war nur noch ein Schatten ihrer selbst. Der Pfarrer schien dies zu bemerken, denn er fragte sie sehr besorgt, wie es ihr denn ginge. Anna schluckte ihre Übelkeit hinunter und schilderte dem Pfarrer ihr Anliegen:

„Ich möchte aus der Kirche austreten."

Pfarrer Lutz riss erstaunt die Augen auf: „Aber Anna, warum denn?"

Sie brach in Tränen aus und schluchzte: „Es macht doch eh keinen Sinn! Der liebe Gott wird mir nie vergeben, dass ich mich gegen den Missbrauch nicht gewehrt habe. Ich hasse mich deswegen und kann das Gebot, mich zu lieben, nicht erfüllen. Ich kann nicht verstehen, warum der liebe Gott das alles zugelassen hat und ich kann deswegen auch seinen Willen nicht akzeptieren. Wie soll ich jemals meinen Tätern

vergeben können? Das geht doch gar nicht, es tut so
unendlich weh, ich kann denen nicht vergeben! Und dann
wird mir Gott auch nicht vergeben und dann komme ich eh
nicht in den Himmel..."

Anna schniefte, zog ein zerknülltes Taschentuch aus meiner
Hosentasche und schnäuzte geräuschvoll hinein. Leise
schluchzte sie vor sich hin, während sie auf die Antwort vom
Pfarrer wartete.

Der Pfarrer schaute Anna sehr nachdenklich und besorgt an.
Als sie sich wieder ein wenig beruhigt hatte, setzte er zu einer
langen Antwort an: „Anna, also weisst du, ganz so ist das ja
nicht, wie du dir das vorstellst. Aufgepasst – es gibt
Schuldgefühle, die gar nichts mit Sünde zu tun haben. Die sind
insofern aus christlicher Sicht höchst gefährlich, denn wo es
nichts zu vergeben gibt, vergibt Gott auch nichts. Genau das
ist das Problem im Zusammenhang mit den Geschehnissen in
Deiner Jugendzeit. Was hättest Du denn tun sollen? Da sind
Brüder ohne Verständnis, eine Mutter ohne Interesse und ein
alkoholkranker Vater- ob die Verständnis gehabt hätten,
wage ich zumindest nicht mit Sicherheit zu sagen."

Anna schüttelte den Kopf. Der Pfarrer fuhr fort:

„Ein Seelsorger? – Mit solchen Dingen sind viele leider etwas
überfordert. Du hast also das getan oder nicht getan, was
tausend andere Mädchen auch getan oder nicht getan hätten.

Ein weiterer Mist ist es, dass viele Opfer solcher Ereignisse sich eben schuldig fühlen. Hoffe, diese Gedanken helfen ein wenig. Du wirst allerdings nicht drum herumkommen, darüber noch einige Zeit nachzudenken. Das gehört eben zum Aufarbeiten dazu und ist – so gesehen – ganz „normal"."

Anna schaute den Pfarrer zweifelnd an. Doch er wartete gar keine Reaktion von ihr ab, sondern sprach einfach weiter.

„Auch das Thema Nächstenliebe und Selbstliebe ist komplex, weil Liebe eben immer eine „Übung auf Gegenseitigkeit" ist. Wenn es heisst „wie dich selbst", dann ist doch der Massstab klar: die Liebe sich selbst gegenüber. Und noch vorher: „Gott über alles". Und warum das? Weil Gott mich auch über alles liebt, darum. Und was heisst „Sich selbst lieben?" – Nun, eigentlich denke ich, das heisst, sich selbst anzunehmen mit all seinen Mängeln und Fehlern. Und wenn mal was schief läuft, einfach sagen: "Na ja, das war suboptimal, aber morgen ist ein neuer Tag mit einer neuen Chance". Das geht aber nur dann, wenn man sagt: „Zunächst – nach Gott – mich selbst will ich lieben und dann, soweit es möglich ist, auch die Nächsten. Und da glaube ich, gibt es auch Unterschiede. Bei meiner Frau und meinen Kindern fällt mir dies leichter als bei denen, die mich gepiesackt haben oder dies immer mal wieder tun."

Etwas getröstet schaute Anna ihn an und nickte. Doch Pfarrer Lutz nahm dies ohnehin nicht zur Kenntnis, denn er war sehr vertieft, gerade so, als wenn er ihr eine persönliche Predigt halten wolle.

„Du hast gesagt, du kannst in Bezug auf Missbrauch den Willen Gottes nicht akzeptieren. Hm, wäre alles was geschieht, Gottes Wille, sässen Adam und Eva noch immer kinderlos im Paradies und wir könnten „in den Mond gucken". Spass beiseite: Wenn wir sagen „Dein Wille geschehe" dann drücken wir zweierlei Hoffnung aus: 1. Dass wir erkennen können, was Gottes Wille ist und 2. Dass wir in der Lage sind, seinen Willen –so wir ihn erkennen –auch zu tun."

Irgendwie kam Anna bei diesen Ausführungen nicht ganz mit und war inzwischen ziemlich verwirrt und überfordert von seinen Ausführungen. Der Pfarrer schien dies jedoch nicht zu bemerken, denn er legte noch etwas drauf:

„Vergiss zudem den Mist, den man dir über den strafenden Gott als Kind beigebracht hat! Vergleiche ihn eher mit einem Vater wie dein Mann einer ist oder wie du als Mutter agierst. Unseren Kindern gegenüber versuchen wir ja auch mit erzieherischen Massnahmen etwas für die Zukunft mitzugeben. Da ist ja vor allem das Vorbild gefordert. Und wo das Vorbild fehlt, ist alles Gerede eher kontraproduktiv. Nun, warum sollen wir in die Kirche gehen? Ist das dann nicht einem „Mittagstisch" zu vergleichen, wo man zusammensitzt und die Eltern einem Dinge nahebringen, von denen man lernen kann, wo man über das Erlebte spricht und Trost und Hilfe bekommt, wenn es nötig ist?"

Anna war total erschlagen von seiner Predigt, aber der Pfarrer kannte kein Erbarmen…

„So, und nun noch etwas zum Thema Vergeben und Vergessen. Du hast das Erlebte verdrängt, und das ist in hohem Masse ungesund. Nun ist die Sache im Bewusstsein und soll soweit bewältigt werden, dass du ohne grossen Schrecken damit leben kannst, ohne dass es dir jedes Mal einen Stich durchs Herz gibt. Narben von erlittenen Verletzungen tun auch noch nach Jahren weh – manche sagen, wenn „das Wetter umschlägt". Ich bin der Meinung, dass du dir im Augenblick keinerlei Gedanken machen musst, wie du deinem Bruder vergeben kannst. Das ist jetzt überhaupt nicht das Thema. Du sollst dich einzig darauf konzentrieren, wie du mit der Sache innerlich ins Reine kommen kannst. Gott erwartet zurzeit sicher nicht, dass du dem anderen die Sache einfach vergibst und ad acta legst. Natürlich hast du diesbezüglich, wie du dich ausdrückst, den Schaden. Ob der andere nicht auch den Schaden hat, darüber können wir nur spekulieren. Und ob Jungen in dem Alter einfach so sind? – Das wage ich zu bezweifeln. Allerdings gilt auch hier, dass man die Probleme lassen muss, wo sie sind. Wie es deinem Bruder geht, das ist nicht zuerst dein Problem. Ich persönlich denke, dass es dem vielleicht hin und wieder auch nicht so gut geht. Aber wie gesagt – das ist sein

Problem. Und noch zum Schluss: Warum solltest
ausgerechnet du nicht in den Himmel kommen? Das
entscheidet doch ohnehin Gott selbst, und er gibt sicher viel
mehr Gnade, als wir erwarten."

Anna spürte die Zuneigung des Pfarrers und seine Mühe, sie
aufzubauen. Dies tat ihr sehr gut, auch wenn sie alle seine
Worte gar nicht aufnehmen und verdauen konnte. Als er sie
gütig fragte, ob sie alles verstanden hätte, bejahte sie
deswegen einfach und bedankte sich. Ihr ging es tatsächlich
ein bisschen besser und sie hatte auf dem Heimweg nun
endlich genügend, über das sie nachdenken konnte. Sie fühlte
sich getröstet. Genau so stellte sie sich den Heiligen Geist vor:
Man sieht ihn nicht, man kann ihn nicht fassen - aber er ist da,
wenn man ihn braucht und tröstet einen.

Abwärts...

Die folgenden Tage dachte Anna oft an das, was ihr der Pfarrer alles predigte, und sie fühlte in sich langsam eine Zuneigung zu diesem gütigen Gottesmann wachsen. Da sie allmählich auch Vertrauen zu ihm geschlossen hatte, rief sie ihn an einem Vormittag an und fragte ihn, ob er sich auskenne mit einem Wechsel des Psychiaters, weil sie sich bei ihrem nicht mehr wohl fühle.

Seine Antwort war jedoch nicht das, was Anna von ihm hören wollte, denn der Pfarrer riet ihr, bei ihrem Psychiater zu bleiben. Schon, damit sie ihre Medikamente weiterhin verschrieben bekomme und auch, weil sie einem neuen Therapeuten zuerst alles nochmals erzählen müsste und sie das ja zusätzlich stressen würde. Anna leuchtete der Rat des Pfarrers ein.

Beim nächsten Termin dort erzählte Anna dem Psychiater von ihren Gedanken, wenn sie in der Natur unterwegs war. Sie schilderte ihm, dass sie oft darüber nachdenke auf der Autobahnbrücke, wie es wäre, wenn sie einfach springen würde. Oder ob sie die Stromleitungen anfassen solle. Sie mache sich auch Gedanken, wie sie zu Schlafmedikamenten kommen könne und sich damit umbringen könnte. Im Internet hatte sie danach geforscht, wo die Pulsadern verlaufen. Anna war mit den ganzen Emotionen zum Missbrauch so überfordert, dass sie einfach nicht mehr konnte. Der Psychiater fand dies jedoch viel weniger beängstigend als sie selbst, verschrieb ihr aber auf ihren Wunsch hin ein neues Medikament, das besser helfen sollte. Am nächsten Tag war Anna in der reformierten Kirche bei einer Probe des Frauenchors. Diese fand im Gemeindehaus statt. Anna hoffte, dass ihr die Abwechslung gut tun würde. Die anderen Frauen waren auch sehr nett und es versprach ein schöner Tag zu werden. In der Mittagspause gab es auf der Dachterrasse einen Imbiss. Die Sonne schien, die Musikanten unterhielten sich fröhlich und angeregt und sie schaute dabei vom Geländer hinunter auf die Strasse. Die Dachterrasse lag im fünften Stock und man hatte eine tolle Aussicht auf Gärten der Nachbarhäuser, auf uralte Bäume und auf die geteerte Strasse... Plötzlich wurde es Anna fast schwarz vor Augen, in ihren Ohren begann es zu pfeifen, ihre Brust wurde eng und sie hatte ungeheuren Druck, jetzt hinunter auf die Strasse zu springen. Dann wäre ihr ganzes Leid auf einen Schlag vorbei! Dieser Druck war so mächtig, wie ein Sog, und dieser zog sie immer näher an die Brüstung. Anna konnte ihm nicht widerstehen, sie war völlig machtlos. Plötzlich sah sie Samuel mit einem unendlich traurigen Blick vor sich. Mit aller Macht riss sie sich von der Brüstung los, ging wie gegen einen Orkan ankämpfend nach drinnen und mit zitternden Knien die Treppen hinab...

In diesem Moment hatte Anna das erste Mal Angst vor sich selbst. Sie fühlte sich nicht mehr, sie spürte nichts mehr. Es war so unwirklich, auch die Sängerinnen um sie herum beachteten sie gar nicht, als wäre sie gar nicht da. Anna fehlte die Kontrolle über sich selbst. Noch nie hatte sie so eine Todesangst wie in diesem Moment. Wie sie anschliessend die Probe bis zum Ende durchstand und nach Hause kam, ohne dass ihr jemand etwas angemerkt hätte, daran konnte sie sich später nicht mehr erinnern.

Abends legte sich Anna in ihr Bett. Sie betete voller Verzweiflung zu Gott, dass sie nicht mehr könne, er möge sie doch bitte sterben lassen. Sich selbst das Leben zu nehmen getraute sie sich nicht. Zu gross war ihre Angst, dann in der Hölle zu landen. Aber leben konnte sie so auch nicht mehr.

Anna war zutiefst verzweifelt. Immer weniger hatte sie sich unter Kontrolle, immer mehr stand sie neben sich. Auch Samuel und Pfarrer Lutz waren allmählich in allergrösster Sorge um Anna. Doch Anna spürte nichts von der Sorge um sie, sie war felsenfest davon überzeugt, dass es für ihre ganze Umgebung besser wäre, wenn es sie nicht mehr gäbe. Daher begann sie Abschiedsbriefe zu schreiben. Denn so ganz konnte sie nicht mehr garantieren, dass sie dem Druck auf Dauer standhalten konnte und sie wollte auf keinen Fall, dass sich jemand dann Vorwürfe machen würde, vor allem Samuel nicht...

Abschiedsbriefe

„Liebe" Mutter

Du hast mich auf die Welt gebracht, mich gefüttert, gewickelt, mir hin und wieder etwas zu Essen gemacht. Danke dafür!

Leider kann ich mich bei dir nicht für viel mehr bedanken. Denn viel mehr als deine Liebe habe ich deinen Hass und deine Scham über mich als Missgeburt gespürt.

Nie bekam ich ein liebes Wort von dir, nie ein Lob, nie konnte ich dir etwas recht machen...

Ich musste dir im Haushalt helfen während meine grossen Brüder sich alles erlauben durften. Dass sie mich mies behandelt haben, war dir egal. Dass dein Mann und sie mich geschlagen haben, war dir egal. Und wahrscheinlich wäre es dir auch egal gewesen, wenn ich dir erzählt hätte, dass Marduk mich vergewaltigt hat! Im Gegenteil, wahrscheinlich wärst du auf mich auch noch sauer gewesen, weil ich immer nur Probleme mache.

Sicherlich wirst du froh sein, dass du mich jetzt los bist. Nun hast du ein Problem weniger! Herzlichen Glückwunsch.

Deine tote Tochter

Daniel,

es tut mir leid, dass du jetzt einen Boxsack weniger hast. Aber vielleicht kannst du dir ja einen zulegen. Dem tun deine Schläge wenigstens nicht weh. Oder ist es gerade das, was dir bei deinen Prügeln Spass gemacht hat? Meinen Schmerz zu sehen?

Vielleicht kannst du ja sonst bei der Friedhofsverwaltung anfragen, ob sie mich ab und zu aus meinem Grab holen, damit du mich schlagen kannst. Vermutlich werde ich aber bald kein hübscher Anblick mehr sein, wenn ich beginne, zu verwesen.

Obwohl, du fandest mich ohnehin immer hässlich, da dürfte es ja für dich keinen Unterschied machen, ob ich verwese oder nicht.

Wahrscheinlich wirst du, wenn du die Nachricht bekommst, dass du mich endlich los bist, zur Feier des Tages einen Champagner oder mindestens einen Cognac auf mich trinken. Das wird dann wohl die allergrösste Anerkennung meines Lebens für mich bleiben, dass du sogar ein Glas auf meinen Tod trinkst.

Anna

Marduk

Du bist ein Schwein. Du hast mich missbraucht, mies behandelt... Ich ekele mich so vor mir selbst, und vor dir, dass ich nur noch kotzen könnte.

Levi und Jonathan

Ihr seid ganz feige Flaschen, die immer nur das mitmachen, was Marduk sagt. Habt ihr überhaupt eine eigene Persönlichkeit? Nein...

Marduk, Levi, Jonathan

Ihr seid der Abschaum jeglicher Brüder dieses Universums. Ich kann mir keine schlimmeren Brüder als euch vorstellen.

Immer war ich für euch die behinderte, kleine, dumme, hässliche Schwester. Gefühle habt ihr wahrscheinlich gar keine, sonst hättet ihr gemerkt, wie sehr mich das getroffen hat und wie sehr ich unter euren Abwertungen gelitten habe!

Oder hat euch das gerade Spass gemacht?

Übrigens, wenn ihr weiterhin so sauft, werden wir uns wohl sehr bald in der Hölle wiedersehen. Ich wünsche euch, dass ihr es in den Himmel schafft, denn ich möchte euch nie wieder sehen!!!

Eure hässliche, behinderte, kleine, dumme Schwester

Sehr geehrter Pastor

Danke, dass Sie meine Familie immer wieder bei sich aufgenommen haben und dass Sie meiner Mutter auch eine Arbeit verschafft haben.

Es wäre trotzdem nicht nötig gewesen, mich jeden Samstag so rabiat zu duschen. Natürlich war ich hässlich, aber leider kann man nicht durch extremes Waschen aus mir eine Schönheit machen...

Ich denke, Sie wissen ganz genau, dass Sie mich damit missbraucht haben. Und dass das im Gegensatz steht zu dem, was Sie sonntags so von der Kanzlei über Nächstenliebe und Barmherzigkeit predigen.

Sie haben Glück, dass ich Sie nicht anzeige, denn Tote können ja bekanntlich niemanden anzeigen.

Wahrscheinlich erwarten Sie auch, dass Sie als heiliger Pastor nach Ihrem eigenen Tod in den Himmel kommen. Das hoffe ich ehrlich gesagt auch, denn ich werde aufgrund meines Freitods vermutlich in der Hölle landen. Zumindest predigen Sie ja immer sonntags davon, dass Sünder in die Hölle kommen. Und das hat für mich wenigstens den Vorteil, dass ich Ihnen dann nicht begegnen muss...

Ich wünsche Ihnen auf Ihrem weiteren Weg Gottes Segen- und unendliche Barmherzigkeit seinem kaltherzigem Diener gegenüber.

Anna

Lieber Pfarrer Lutz

Es tut mir sehr leid, dass Sie sich umsonst solche Mühe mit mir gegeben haben. Wenn Sie diesen Brief lesen, werden Sie erfahren, dass es mich nicht mehr gibt.

Ich bin mir nicht sicher, ob es Sie erleichtert, dass Sie somit weniger Arbeit haben, denn ich habe Sie doch sehr in Anspruch genommen. Andererseits haben Sie so viel Liebe und Güte ausgestrahlt, dass ich mir sogar vorstellen könnte, dass Sie ein kleines bisschen traurig sind, dass ich tot bin.

Herzlichen Dank an dieser Stelle für Ihre Mühe, Ihre Kakaos, die Zeit, die Sie für mich geopfert haben… Ich wünsche Ihnen von Herzen, dass Gott Sie dafür reich belohnt und Sie segnen möge!

Wahrscheinlich ist dies völlig unangemessen, wenn ich als Missgeburt zu Ihnen als intelligenter Geistlicher das zu Ihnen sage, aber ich habe Sie inzwischen total gerne und es tut mir sehr leid, dass wir uns nie wiedersehen werden.

Denn leider habe ich versagt und werde nun in der Hölle schmoren müssen… Aber es war einfach zu viel, ich schaffe es nicht… Ich kann nicht mehr.

Bitte entschuldigen Sie meine Schwachheit!

Anna

Lieber Samuel

Du bist der einzige Mensch auf der Welt, dem es wahrscheinlich das Herz bricht, dass es mich nicht mehr gibt. Gegenüber denen allen, die vermutlich froh sein werden, ist das aber zu wenig um mich zu überzeugen, dass es doch gut wäre, wenn ich überlebt hätte.

Aber auch bei dir glaube ich, dass du auf Dauer glücklicher ohne mich sein kannst. Ich wünsche dir sehr, dass du eine Freundin finden wirst, die glücklicher ist als ich. Es wird nicht schwer sein, eine zu finden, die hübscher und intelligenter als ich ist. Du wirst sicherlich auch eine finden, die nicht immer so traurig in die Welt schaut, sondern viel mehr mit dir lacht und Spass hat am Leben! Eine, die intelligent und tüchtig ist. Ganz sicher auch eine, die Spass an Sex hat und nicht wie ich sich dazu immer nur quält. Und eine, mit der du dann auch Kinder haben kannst- denn ich würde als Mutter ohnehin nichts taugen, bei der Kindheit, die ich selbst erlebt habe...

Ich hoffe sehr, dass du nicht allzu lange trauern wirst, denn das bin ich gar nicht wert. Ich wünsche dir wirklich, dass du ohne mich ein glücklicheres Leben haben wirst!

Du hast etwas Besseres als mich verdient.

Danke, für alles, was du für mich getan hast! Du bist nicht schuld, dass ich gehe, du wärst der einzige Grund, zu bleiben. In Liebe, Anna

Der letzte Tag

Am nächsten Tag schrieb Anna an Pfarrer Lutz ein Mail, und schilderte ihm ihre Verzweiflung:

„Sie haben mir angeboten, dass ich Ihnen jederzeit mailen kann, darum mache ich das jetzt auch.

Ich habe so einen riesigen Druck und gleichzeitig so eine Angst, dass ich damit irgendwo hin muss. Ein bisschen Druck bin ich schon losgeworden indem ich mir mit dem Messer in den Arm geschnitten habe, aber das hilft immer nur kurz, es tut ja nur ganz kurz weh. Es ist bescheuert, aber hilft wirklich gegen Durchdrehen.

Der Berg, den ich abtragen, bearbeiten muss, ist einfach viel zu gross. Ich sehe kein Ende. Ich bin verletzt, gleichzeitig habe ich das Gefühl, ich müsse für alle Verständnis haben. Es ist niemand schuld an allem, was passiert ist. Selbst der Arzt meinte, es sei eben einfach passiert und ich solle mich eben nicht so fertig machen. Ich habe bisher doch auch ganz gut damit gelebt, wieso jetzt?

Bisher war ich einfach immer die Böse, für alle das Problem, für alle eine Belastung. Es wäre das Einfachste, alle von dieser Belastung zu erlösen, schon immer gewesen. Ich war nur immer zu feige, weil ich dann ganz sicher hätte in der Hölle hätte schmoren müssen....

Und jetzt, jetzt wäre ich so weit, wäre mutig genug, hätte genügend Ideen- und jetzt gibt es Samuel, der mir sagt, dass er mich braucht. Ich will ihm doch gar nicht weh tun. Er erwartet von mir, dass ich durchhalte und es mir bald wieder besser geht! Ich will ihn eigentlich auch nicht enttäuschen.

Ich habe jetzt extra nur das geschrieben, was andere betrifft. Wenn ich das schreibe, was für mich das Einfachste wäre, habe ich gleich verloren. Ich will nämlich auf keinen Fall in die Klinik, damit enttäusche ich alle möglichen Personen erst recht! Meine Familie würde durchdrehen aus Scham über mich...

Ich habe gestern aus Spass Abschiedsbriefe geschrieben- einfach, dass, wenn ich mich irgendwann nicht mehr unter Kontrolle haben sollte, sich niemand die Schuld gibt. Es wäre unfair und egoistisch, einfach abzuhauen, das weiss ich. Und trotzdem ist meine Verzweiflung manchmal so gross, dass ich einfach nicht weiss, wie ich mit den Schmerzen leben soll... Vielleicht tönt das kindisch, das mag schon sein...

Ich verstehe selbst nicht, wieso es mir so schlecht geht und wieso es nicht besser wird. Ich habe bisher mein Leben auch gut überstanden, ich hatte noch nie eine Depression aus der ich nicht selbst wieder herausgekommen wäre... Wieso geht das jetzt nicht? Wieso tun die ganzen Verletzungen erst jetzt weh, wo ich registriere, dass sie nicht fair waren und wieso habe ich sie früher aber auch ausgehalten?

Und wieso kann ich das nicht einfach abhaken? Ich bin doch jetzt erwachsen. Es ist, wie wenn ich 2 Menschen bin- von dem einen wird erwartet, dass er erwachsen funktioniert- und der andere ist nur verletzt, verzweifelt, verunsichert...

Nachher habe ich wieder einen Termin beim Arzt. Ich werde ihm schon sagen, wie es geht. Ohne die Abschiedsbriefe zu erwähnen natürlich...

Mir ist klar, dass das echt schwer verständlich ist. Ich verstehe mich ja selbst nicht.

Aber ich habe doch noch eine Glaubensfrage an Sie: Freitod ist ja eine sehr grosse Sünde, die meinem Wissen nach nicht vergeben werden kann. Was passiert dann mit denjenigen im Himmel? Oder haben sie gar keine Chance, in den Himmel zu kommen? Es würde mich nur interessieren. Wenn Sie mir die Frage nicht beantworten wollen, habe ich dafür Verständnis und das ist dann auch okay.

Ehrlich, es tut mir weh, Samuel so leiden zu sehen oder jemandem wie Ihnen Sorgen zu machen. Das möchte ich nicht!!! Aber ich habe da nur zwei Möglichkeiten: entweder, ich schaffe es jetzt endlich da rauszukommen (aber wie?) und zwar schleunigst, damit auch alle wieder etwas von mir haben- oder... Oder sehen Sie noch eine dritte Möglichkeit, die ich gerade nicht sehe?

Danke fürs Zuhören, das Schreiben hat gut getan, und der Druck ist ein bisschen weniger geworden."

Innerhalb von wenigen Minuten hatte Anna eine Antwort von Pfarrer Lutz in ihrem Mailpostfach:

„Liebe Anna,

herzlichen Dank für Dein Schreiben. Ich kann im Augenblick nur kurz antworten, tue dies aber so:

1. Wenn Du zum Arzt gehst, sage ihm unbedingt, dass Dir Ritzen kurzfristig Erleichterung schafft.
2. Sag dem Arzt auch, dass Du aus Spass Abschiedsbriefe geschrieben hast, denn für mich sind das eben doch Zeichen einer akuten Gefährdung...
3. Ausser Sünde wider den Heiligen Geist kann jede Sünde von Gott vergeben werden, und was Sünde gegen den Heiligen Geist eigentlich ist, weiss man nicht so genau: Ich sage immer: „Wer den Heiligen Geist ablehnt, lehnt Gott ab; wie kann Gott uns vergeben, wenn wir ihn als den, der vergeben will, nicht an uns ranlassen...
4. Was soll das „Habe ich gleich verloren"??? Deine Verzweiflung ist gross, das merkt man. Es geht jetzt darum, das zu tun, was für Dich am besten ist. Und falls es wichtig wäre, dass Du mal ein, zwei Wochen in stationäre Behandlung gehen müsstest, wo ist da das

5. Problem? Und wen meinst Du zu enttäuschen, falls Du in die Klinik musst? Viel schlimmer wäre doch, wenn Du Dich in Deiner Verzweiflung ganz verabschieden würdest.

5. Eines funktioniert leider nicht: das „schleunigst"… Es braucht Geduld, 1 Woche? 1 Monat? – Ich weiss nicht, wie lange, aber es braucht Geduld! Dass Du dies als äusserst unangenehme Perspektive erlebst, ist mir klar.

Wir hören uns noch. Ich bete permanent!

Herzliche Grüsse

Pfarrer Lutz"

Anna wusste hinterher nicht mehr, warum sie daraufhin die Abschiedsbriefe mit zu ihrem Psychiater nahm und diesem auch noch zeigte. Dieser griff sofort zum Telefonhörer. Panisch fragte ihn Anna, wen er denn jetzt anrufe. Er antwortete ernst: „Die Psychiatrische Notfallklinik. Ich muss Sie einweisen, das geht so nicht!"

Anna flehte ihn an: „Bitte nicht! Ich will nicht in die Klinik! Es geht mir gut. Ich habe die Briefe nur aus Spass geschrieben. Bitte glauben Sie mir, ich muss nicht in die Klinik!"

Unbeirrt wählte er eine Nummer und sagte zu ihr „Ich rufe da jetzt an und bringe Sie dann hin."

Erschrocken fragte sie „Darf ich dann nicht mehr nach Hause? Ein paar Sachen packen? Kann denn wenigstens Samuel herkommen?"

Darauf liess sich der Psychiater glücklicherweise ein. Anna schrieb Samuel ein SMS, und er rief sie umgehend zurück, um ihr zu sagen, dass er in 5 Minuten da sei. Währenddessen meldete sie der Psychiater in der Klinik für nachmittags an und Anna schrieb Pfarrer Lutz ein SMS, dass alles vorbei sei und sie verloren habe und in die Klinik müsse. Und dass er nun sicherlich von ihr enttäuscht sei, weil sie es nicht ohne Klinik schaffe. Daraufhin schrieb dieser zurück:

„He, Anna, Kopf hoch. Ich bin überhaupt nicht enttäuscht, im Gegenteil. Ich hatte echt grosse Angst um dich. Jetzt wird dir echte Hilfe werden, da bin ich ganz sicher. Für mich ist es wahre Grösse, wenn man bereit ist, die Hilfe anzunehmen. In diesem Sinn, herzlichst, dein Pfarrer Lutz."

In der psychiatrischen Notfallklinik

Die erste Nacht war die Hölle. Anna wurde aus Platzmangel in einer Abteilung mit schizophrenen Jugendlichen untergebracht. Eine Patientin umarmte sie und sah in ihr einen Engel, der sie aus diesem Gefängnis erlösen würde. Annas Zimmernachbarin hingegen betrachtete sie finster und misstrauisch und schloss sofort ihren Schrank ab, damit Anna ihr nichts klaue. Wieder ein anderer Patient schlürfte missmutig durch den Gang und roch 10 Meter gegen den Wind, weigerte sich aber trotzdem duschen zu gehen, weil sonst seine Haut geschädigt würde. Die Atmosphäre dort war sehr seltsam und unecht. Anna war sehr froh, dass sie am nächsten Tag in die Abteilung für Depressionen kam.

Dort begann ein langer und harter Weg. Anna arbeitete sehr hart an sich und stellte sich mutig ihrer Vergangenheit. An den Reaktionen der Pfleger und Therapeuten konnte sie erahnen, dass sie wirklich Schlimmes durchgemacht und erlebt hatte und dass sie sich überhaupt nicht schämen müsse, wenn es ihr nun schlecht ging.

Samuel kam sie jeden Tag besuchen. Wenn sie ihre Traumata überwältigten und sie völlig verzweifelt war, konnte sie mit ihm telefonieren. Denn nicht immer hatte jemand des Personals Zeit, sich dann um sie zu kümmern und Anna wurde oft mit Medikamenten ruhig gestellt, wenn sie verzweifelt weinte. Aber sie hatte ja Samuel, und darüber war sie so froh. Keine Sitzung auf seiner Arbeit war ihm zu wichtig, als dass er sie nicht unterbrochen hätte, um ihr gleich zurückzurufen und sie zu trösten. Oft kam er nach der Arbeit, ging mit ihr spazieren, tröstete sie, liess sie an seiner Schulter weinen. Zudem telefonierte er mit ihrer Mutter mehrmals und sagte dieser seine Meinung. Das tat Anna gut, dass sich endlich einmal jemand für sie einsetzte.

Auch Pfarrer Lutz kam sie besuchen, und erneut spürte sie seine Zuneigung. Er wurde auch nicht müde, ihr in Mails Mut zuzusprechen und betonte immer wieder, wie sehr er sich über ihre Fortschritte freue und wie stolz er auf sie sei.

Ihre Mutter hingegen brachte ihr kaum Verständnis entgegen. In deren Augen war Anna jetzt erst recht krank und schwach und machte nur Probleme. Nach jeder Mail ritzte sich Anna verzweifelt in den Unterarm. Sie wusste einfach nicht, wie sie ihrer Mutter klarmachen konnte, was alles schief gelaufen war und dass sie ihr endlich glauben würde. Jedes Mal hatte Anna hinterher das Gefühl, ihre Mutter hätte Recht. Einmal war ihre Verzweiflung so gross, dass sie sich in der Küche ein Messer suchte und sich damit auf ihrem Zimmer heimlich in die Pulsadern schnitt. Dummerweise kam in diesem Moment Samuel zur Türe herein. Sie hatte nicht mit ihm gerechnet. Ihm zuliebe ging sie zur Pflege und liess sich die Wunde versorgen. Ihre Angst, die Pfleger könnten mit ihr schimpfen oder sie sogar aufgrund ihres Selbstmordversuches in die geschlossene Abteilung einweisen, war unbegründet. Denn die Pfleger nahmen ihr Ritzen ohnehin nicht ernst. Für sie war das einfach eine Persönlichkeitsstörung und nicht weiter beunruhigend.

Aber Samuels Reaktion war für Anna viel unangenehmer. Denn Samuel hatte ihre Absicht durchaus erkannt! Er war total erschrocken, als er die Wunde sah und wurde totenbleich. Mehrmals ging er auf Toilette, weil ihm so übel war. Anna tat es total leid Samuel so leiden zu sehen. Gleichzeitig wurde ihr dadurch bewusst, wie viel sie ihm offensichtlich bedeutete. Und sie schwor sich, ihm nie wieder so weh zu tun!

Nach wenigen Wochen konnte sie die Notfallklinik verlassen und stattdessen eine Tagesklinik besuchen.

Auch dort arbeitete Anna sehr hart an sich und konnte innerhalb kurzer Zeit riesige Fortschritte erzielen. Natürlich gab es auch immer wieder Rückfälle, es war ein stetes Auf und Ab. Sie musste lernen, dass Wille und Kampfgeist alleine nicht ausreichten, sondern dass sie auf sich selbst achten müsse, um gesund zu werden.

Als sie einmal einen Rückfall hatte und sie das Gefühl bekam, sie könne ihre Vergangenheit und damit sich selbst nicht aushalten, schrieb sie ein Gedicht:

„Wieso lasst ihr mich nicht einfach gehen?

Samuel sagt, er braucht mich.

Pfarrer Lutz behauptet, ich sei etwas wert.

Meine Umgebung hätte kein Verständnis.

Aber was ist mit MIR?
Warum muss ich diesen ganzen Schmerz aushalten, nur
damit sie mich nicht hergeben müssen?

Lasst mich doch bitte einfach gehen. Ich kann nicht mehr

Ich will keine Angst mehr spüren, keine Verzweiflung
mehr, ich mag nicht mehr kämpfen um die
Vergangenheit zu vergessen, ich mag mir keine neue
Zukunft bauen- ich will einfach nur RUHE.

Fraglich ist ja nur, ob ich diese nach dem Tod auch
finde...
Daher warte ich noch ein Weilchen und lebe solange
weiter, für die, die mich lieben.

Aber fair- fair finde ich das nicht.

Samuel nahm Anna, nachdem er das Gedicht gelesen hatte, in dem Arm. Sie mailte es auch ihrem Pfarrer, der ihr daraufhin zurückschrieb, dass alles Betteln nicht nütze, sie liessen sie nicht gehen. Und dass es ein Irrtum sei, zu denken, sie könne nicht mehr, weil alle Menschen viel mehr schaffen würden, als sie meinten. Zaghaft fragte Anna nach, warum er sie denn nicht gehen lasse, und seine Antwort war klar und deutlich: „Na, schon mal was von Liebe gehört?"

Es sollte noch ein Jahr dauern bis Anna endlich so weit war, sagen zu können „ich bin gesund". Und dahinter steckt jede Menge Arbeit, welche je nach Personen mit viel Enttäuschung und Entscheidungen über Vergeben, Loslassen oder auch Versöhnung verbunden war.

Pastor Dugald

Die Erinnerungen an die verbalen und sexuellen Belästigungen von Pastor Dugald machten Anna zusätzlich zu schaffen. Denn ihre Mutter hatte früher den Pastor hochgelobt und verehrt. Wie sollte Anna ihrer Mutter beibringen, dass der Pastor sie missbraucht hatte?

Zuerst wollte sie mit ihrer Mutter gar nicht darüber reden. Selbst Samuel davon zu erzählen, fiel Anna sehr schwer. Darum schrieb sie ihre Erlebnisse auf und gab diese Texte Samuel zu lesen. Innerlich zitternd, ob er sie für bescheuert halten oder ihr glauben würde, wartete sie auf Samuels Reaktion. Samuel schüttelte nur völlig entsetzt den Kopf und meinte „so ein Idiot!" Das war wenig, doch Anna war erleichtert, dass Samuel ihr offensichtlich glaubte. Denn Samuel kannte den im Dorf angesehenen Pastor natürlich auch sehr gut!

Als nächstes versuchte Anna es ihrer Mutter beizubringen. Zuerst reagierte diese noch per Mail ganz wohlwollend, dass sie ihr glaube. Andererseits fügte ihre Mutter noch hinzu, dass Anna sicherlich auch entsprechend dreckig gewesen sei und eine härtere Behandlung durchaus verdient hatte. Sie bedauerte zudem, dass man mit dem Pastor gerade nicht reden könne, da er selbst im Krankenhaus liege.

Anna geriet in Panik. Denn sie wollte mit dem Pastor unbedingt noch reden, bevor er sterben würde. Da sie selbst ja noch in der psychiatrischen Klinik war und diese noch nicht verlassen durfte, schrieb sie ihm einen Brief ins Krankenhaus:

„Sehr geehrter Pastor Dugald,

ich hoffe sehr, dass Sie wieder genesen werden!

Denn ich würde sehr gerne noch mit Ihnen sprechen. Vielleicht erinnern Sie sich noch an die Samstage, an denen Sie auf uns Kinder Baruti aufgepasst haben? Dass Sie mich damals immer geduscht haben? Ich habe diese Szene in der psychiatrischen Klinik, in der mich momentan befinde, einem Psychiater geschildert. Der meinte, das sei ganz klar Missbrauch gewesen und es sei daher völlig verständlich, dass ich nun an den Folgen davon leide.

Gespannt erwarte ich nun Ihre Reaktion und wünsche Ihnen eine gute Besserung!

Hochachtungsvoll

Anna Baruti, Psychiatrische Klinik Eden Esra"

Die folgenden Tage wartete Anna gespannt, doch allmählich wich diese Anspannung einer Traurigkeit, denn sie verlor die Hoffnung, dass er jemals antworten würde. Vielleicht war er ja inzwischen auch schon gestorben? Ihre Mutter anzurufen und nachzufragen, getraute sie sich nicht, denn sie wusste nicht, wie diese reagieren würde. Wahrscheinlich würde sie ihr Vorwürfe machen, dass sie den totkranken Mann auch noch mit solchen Verleumdungen quälte.

Doch plötzlich kam eines Vormittags die Schwester herein und brachte ihr einen Brief. Annas Hand zitterte, als sie diesen öffnete, denn sie erkannte bereits an der Handschrift, dass es sich um die sehnlichst erwartete Antwort handeln musste. Die Schwester bemerkte ihre totale Aufregung und fragte behutsam nach, ob sie lieber bleiben sollte. Doch Anna wollte alleine sein und schüttelte den Kopf. Die Schwester schärfte ihr noch ein, dass sie bitte zu ihr kommen solle, wenn etwas sei, sie wäre gerne für sie da. Anna konnte nur nicken, sie hatte vor Aufregung keine Stimme mehr. Die Schwester verliess zögernd das Zimmer und Anna riss sofort den Brief auf. Das Papier wackelte, und sie merkte, dass es eine sehr kurze Antwort war:

„Liebe Anna

Es tut mir leid, dass du in der psychiatrischen Klinik bist. Ich hoffe sehr, dass sie Dir dort gegen deine Schizophrenie helfen können. An Duschaktionen wie du sie beschreibst, kann ich mich nicht erinnern, da sie nie stattgefunden haben.

Ich empfehle deine Seele Jesus mit der Bitte, den dich befallenen bösen Geist auszutreiben!

Pastor Dugald"

Anna wurde es schlecht und sie rannte auf die Toilette, um sich zu übergeben. Danach schaute sie noch ein paarmal fassungslos den Brief an, ritzte sich schwer in den Arm, um sich bewusst zu machen, dass sie nicht träumte...

Dann ging sie irgendwann mit unendlicher Traurigkeit und Schwere zu der Krankenschwester und liess sich ein Beruhigungsmedikament geben. Sie legte sich auf ihr Bett und schlief ein.

Als sie erwachte, schmerzte ihr Kopf. Sofort fielen ihr die Gedanken wieder ein und eine grosse Hoffnungslosigkeit und Verzweiflung überfielen sie. Sie boxte sich mit den Fäusten auf die Augen, schlug sich die Stirne an den Bettrand, kniff sich in den Arm- aber es half alles nichts. Die Gewissheit, dass der Gottesmann, der sie missbraucht hatte, leugnete, blieb.

Langsam wuchs daraus eine unendliche Sorge, wie sie dem Pastor dann vergeben solle? Wie sie sich mit ihm versöhnen solle...

Sie schrieb, als es ihr ein paar Tage später ein wenig besser ging, dazu Pfarrer Lutz eine Mail. Seine Antwort war klar und deutlich:

„Liebe Anna

Du brauchst dir keine Sorgen zu machen, weil du nicht vergeben kannst! Das ist in deiner Situation, nach allem, was du durchmachen musstest, völlig verständlich. Und das weiss Gott auch!

Momentan solltest du dir darüber wirklich keine Gedanken machen, sondern nur danach schauen, dass du dein seelisches Gleichgewicht wieder erlangen wirst!

Herzliche Grüsse, Pfarrer Lutz"

Ein wenig war Anna ja erleichtert, dass sie dem Pastor wohl nicht sofort vergeben müsse. Trotzdem plagte sie es, denn sie wusste ja, dass sie es irgendwann sowieso schaffen sollte.

Es dauerte mehrere Wochen, bis sie schliesslich das Bedürfnis hatte, Pastor Dugald zu vergeben. Mittlerweile war der Gottesmann bereits gestorben, und so konnte sie ihm das nicht persönlich mitteilen. Sie hoffte jedoch für ihn, dass Gott ihm gnädig war, und er somit im Himmel sein durfte. So wie er es sein Leben lang geglaubt und dafür ja als Pastor auch hart gearbeitet hatte.

Sie schrieb dem Pastor einen Brief:

„Sehr geehrter Pastor Dugald

Ich wünsche Ihnen wirklich sehr, dass Gott Ihnen gnädig war und sie nun, wie sie geglaubt hatten, bei ihm im Himmel sein können. Ich wäre untröstlich, wenn ausgerechnet ich Ihnen mit meiner Unversöhnlichkeit den Weg zu Gott versperren würde, denn trotz allem, was Sie mir angetan haben, fände ich diese Strafe für Sie zu hart.

Ich weiss nicht, ob Sie mittlerweile bereuen, was Sie mir angetan haben.. Deswegen überlasse ich Gott, ob er Sie dafür bestraft oder nicht. Wenn er Ihnen gnädig ist, dann nur, wenn Sie ehrlich bereuen. Und dann vergebe ich Ihnen auch. Wenn Sie im Himmel auf mich zukommen und sich entschuldigen, werde ich Ihnen zur Versöhnung die Hand geben.

Hiermit empfehle ich Sie der Gnade Gottes, Anna"

Den Brief wickelte sie als Rolle zusammen und befestigte ihn mit einer Schnur an mit Gas gefüllten Luftballons.

Als diese in den Himmel stiegen, fühlte sich Anna erleichtert. Sollte Gott doch mit ihm machen, was er für richtig hielt. Ihre Sorge war es damit nicht mehr!

Marduks, Levis und Jonathans Reaktionen

Der zweite Missbrauch waren die täglichen Vergewaltigungen von Marduk in Köln. Damit wurde Anna am schwierigsten fertig. Jede Nacht quälten sie Albträume voller Blut... Durch die Therapie lernte sie ganz allmählich, dass sie keine Schuld an diesen Taten hatte, und dass sie sich dafür nicht schämen musste. Doch war für Anna schwer zu begreifen, zu tief sass der Ekel vor sich selbst, der Hass auf ihren benutzten Körper und die Scham, vergewaltigt worden zu sein. Nicht fassbar, dass es sich bei dem Täter auch noch um ihren Bruder handelte, unbegreiflich dass ihr zweiter Bruder jeden Abend dabei wegschaute. Unverständlich, dass ihr dritter Bruder jeden Abend genau in dem Zimmer schlief, in dem Anna nicht war- denn sie wechselte immer wieder das Zimmer, in der Hoffnung, Marduk so entgehen zu können. Und Jonathan sich anscheinend auch nicht wunderte, dass Anna dann morgens immer neben ihm lag...

So viel Ignoranz tat einfach weh.

Zuerst bemühte sich Anna sehr, ihren Brüdern ihre Lage zu erklären. Sie begann mit Levi, weil sie hoffte, dass er sich vielleicht doch an einiges erinnern könnte und sie gegen Marduk unterstützen könnte. Sie schrieb Levi deshalb ein Mail:

„Hallo Levi,

sicherlich wunderst du dich, dass du ausgerechnet von mir ein Mail bekommst. Du hast vielleicht mitbekommen, dass ich in einer psychiatrischen Klinik bin. Hauptgrund dafür waren die Vergewaltigungen von Marduk in Köln. Vielleicht kannst du dir ja vorstellen, dass einen so etwas fertig macht…

Grüsse, Anna"

Kurz darauf bekam sie von Levi sogar eine Antwort:

„Hallo Anna,

Ja, ich habe mich gewundert, aber mich auch gefreut, von dir eine Mail zu bekommen. Dass Missbräuche kaputt machen, weiss ich definitiv. Was ich aber nicht verstehe, was du mit den Vergewaltigungen von Marduk meinst. Das ist eine schwere Anschuldigung. Mitbekommen habe ich definitiv nichts.

Gruss, Levi"

Anna zog es den Boden unter den Füssen weg. Das konnte nicht sein, dass Levi einfach alles leugnete? Er war doch dabei. Klar war er betrunken, aber er hatte doch mit Marduk gemeinsam über sie gelästert. Zuerst weinte sie eine Weile, dann nahm sie ihren Mut zusammen und schrieb Levi zurück:

„Hallo Levi

Danke für dein Mail. Aber dass du damals in Köln nichts mitbekommen hast, kann ich gar nicht glauben. Du hast doch mit Marduk gemeinsam darüber gelästert, mit ihm gelacht. Du musst etwas mitbekommen haben!

Grüsse, Anna"

Und wieder dauerte es nicht lange, bis sie eine Antwort von Levi in ihrem Posteingang hatte.

„Anna,

das ist doch absurd. Natürlich hätte ich etwas mitbekommen müssen, denn ich war die ganze Zeit mit Marduk zusammen! Ich hätte ihn auch ganz sicher daran gehindert. Auch wenn ich dich nicht immer nett behandelt habe, was mir heute auch leid tut, aber ich hätte als grosser Bruder trotzdem nie zugelassen, dass er dich sexuell belästigt. Nein, Anna, da bildest du dir wirklich etwas ein.

Da du geistig schon immer ein wenig komisch warst, will ich dir das nicht übel nehmen. Aber ich würde dir sehr raten, mit diesen Phantasien vorsichtig zu sein! Nicht dass du dich noch irgendetwas reinsteigerst, was nie da war.

Gruss, Levi"

Annas Magen zog sich beim Lesen zusammen. Sollte sie sich wirklich alles eingebildet haben? Aber das konnte doch nicht sein. Sie rief Samuel an und berichtete ihm verzweifelt von den missglückten Mails. Samuel beruhigte sie: „Anna, Levi kann das doch gar nicht zugeben. Dann müsste er ja zugeben, dass er Mittäter war! Dass er ebenfalls Mist gebaut hat! Der hat Angst..."

Okay, das konnte Anna zwar verstehen, trotzdem blieb eine grosse Traurigkeit, dass ihr eigener Bruder sie so im Stich liess.

Sie versuchte es als Nächstes bei Marduk selbst.

„Hallo Marduk

Vielleicht hat Levi mit dir gesprochen und du weisst von ihm bereits, dass ich wegen deinen sexuellen Belästigungen in Köln in einer psychiatrischen Klinik bin. Du hast mich dort einfach mies ausgenutzt, Levi verboten etwas darüber zu sagen. Ich finde das unmöglich von dir. Trotzdem habe ich nicht vor, das aufzuwärmen, dies schreibe ich nur, um dich zu beruhigen.

Grüsse, Anna"

Von Marduk erwartete Anna keine Antwort, denn er hatte sich wirklich noch nie für sie interessiert. Aber sie wollte es wenigstens versucht haben. Umso überraschter war sie, als bereits eine halbe Stunde später von ihm eine Mail kam.

„Liebe Anna

Es tut mir leid, dass du krank bist. Bitte verzeihe mir, dass ich
mich nicht mehr an Einzelheiten erinnern kann in Köln. Ich bin
wirklich geschockt, das zu lesen! Du bist doch meine
Schwester und ich kann mir nicht vorstellen, dass ich etwas
von dir wollte. Aber ich war betrunken und kann mich wirklich
nicht mehr daran erinnern. Könnte es nicht auch sein, dass
eher du etwas von mir wolltest? Es tut mir auf jeden Fall leid,
dass du nun in der Klinik bist und ich wünsche dir rasch gute
Besserung. Wenn ich dir irgendwie helfen kann, lass es mich
wissen- auch wenn du so fair bist, und es nicht wieder
aufwärmen möchtest.

Dein dich liebender grosser Bruder"

Anna war total verwirrt und geschockt. Ihre ganze Kindheit
hatte sie sich nichts sehnlicher gewünscht, als dass ihr Bruder
einmal zu ihr sagen würde, dass er sie lieb hat.

Aber noch viel mehr traf sie, dass er in Frage stellte, ob nicht
sie diejenige war, die etwas von ihm wollte. Wieder weinte
sie sich verzweifelt bei Samuel aus. Auch hier tröstete er sie,
indem er ihr klar machte, dass Marduk ja so reagieren
musste, weil er einfach seine eigene Haut retten wollte. Anna
sah die Ausweglosigkeit ein. Klar hätte sie ihn gerichtlich
verklagen können, aber das hätte ihr nur jahrelangen Stress
eingebracht und wahrscheinlich wäre der Fall ad acta gelegt
worden, weil Aussage gegen Aussage gestanden und „im
Zweifel für den Angeklagten" entschieden worden wäre. In

ihrem Falle hätten sogar zwei Aussagen gegen ihre eigene gestanden, da Levi ja zu Marduk hielt. Und sicherlich hätten beide noch deutlich machen können, dass sie Anna eh nicht für zurechnungsfähig und behindert erklärten. Nein, ihr war klar, dass sie ohnehin keine Chance hatte.

Sie schrieb Marduk daher eines Tages zurück:

„Hallo Marduk

Nein, ich möchte mit dir nicht mehr darüber reden. Du hast deinen Standpunkt und wirst, wie ich dich kenne, nie davon abweichen. Ich hoffe, du verstehst, dass unter diesem Gesichtspunkt kein Kontakt mehr für mich möglich ist. Aber ich verspreche dir auch, dass ich keine Rache üben und dich anzeigen werde. Ich wünsche dir trotzdem alles Gute für deine Zukunft.

Grüsse, Anna"

Sie hörte nie wieder etwas von Marduk.

Auch Levi schrieb sie ein Mail:

„Hallo Levi

Du hast geschrieben, ich würde mir alles nur einbilden. Ich hoffe, du verstehst, dass ich so keinen Kontakt mehr mit dir haben möchte. Ich möchte diese Sache einfach verarbeiten und mein eigenes Leben leben. Trotzdem wünsche ich dir alles Gute.

Grüsse, Anna".

Lange Zeit fühlte sich Anna sehr schlecht, weil sie der Meinung war, dass Pfarrer Lutz zwar gesagt hatte, Vergeben solle derzeit kein Thema für sie sein. Aber sie wusste auch nicht, wie sie ihren beiden Brüdern jetzt vergeben solle.

Wieder einmal hatte sie Gelegenheit, mit Pfarrer Lutz darüber zu sprechen, und er hatte wieder einmal eine ganz klar und einfache Antwort für sie:

„Anna, vergiss bitte diesen ganzen Mist, den dir deine Mutter und Pastor Dugald eingetrichtert haben müssen! Vergiss es einfach!!! Jeden Sonntag hörst du in der Kirche, dass dir im Namen Jesus die Sünden vergeben wurden. Würde ich mich jedes Mal fragen, ob er sie sie mir auch wirklich vergeben hat, würde ich wahnsinnig werden. Und Anna, es gibt auch bei mir Menschen, denen ich bis heute nicht vergeben kann. Und ich glaube, ich will nicht einmal allen davon vergeben! Ich vertraue einfach auf die Gnade Gottes, dass er sieht, wo ich überall vergeben hatte und auf den Rest seine Gnade legt. Würde der liebe Gott hundertprozentiges Können von uns erwarten, käme kein einziger Mensch zu ihm in den Himmel. Und mal ehrlich, dann hätte Gott doch den Menschen gar nicht erst erschaffen müssen, wenn er dann die Ewigkeiten im Himmel alleine verbringen müsste. Dann wäre es für ihn sicherlich ganz schön langweilig dort oben, meinst du nicht auch?"

Anna blinzelte die Tränen aus ihren Augen und schmunzelte bei der provokativen Frage ihres Pfarrers. „Ja, Pfarrer Lutz, wahrscheinlich haben Sie, wieder einmal, Recht! Ich werde versuchen, es zu vergessen..."

Der Pfarrer nickte ihr aufmunternd zu „Anna, das wirst du auch schaffen, da bin ich mir ganz sicher! Nur Mut... Du machst das alles sehr gut, und genau das sieht Gott und er wird dich dafür segnen, da bin ich mir ganz sicher!"

Gestärkt und getröstet bemühte sich Anna nun um Kontakt zu ihrem dritten Bruder Jonathan. Viel Hoffnung machte sie sich nicht, denn auch er stand unter dem Einfluss von Marduk.

„Hallo Jonathan

Wie du vielleicht gehört hast, bin ich momentan in der psychiatrischen Klinik. Die Erinnerungen an die Vergewaltigungen von Marduk in Köln waren einfach zu viel für mich.

Grüsse, Anna"

Es dauerte ungefähr drei lange Tage, bis plötzlich ein Mail von Jonathan in ihrem Mailfach war:

„Hi Anna

Sorry, dass ich jetzt erst antworte. Aber ich war geschockt, das zu lesen. Ich habe versucht, mit Levi zu sprechen, aber der meinte, du würdest dir das alles einbilden, da sei nichts gewesen. Dann habe ich versucht mit Marduk zu reden, doch der meinte, du hättest etwas von ihm wollen. Als ich Marduk dann erklärte, dass Levi aber gesagt hätte, er hätte nichts mitbekommen, wurde er ganz rot. Er stotterte dann herum, dass Levi so betrunken gewesen sei, dass es schon sein kann, dass der nichts mitbekam. Als ich ihm sagte, dass ich dir aber glaube, wurde er sehr wütend und hat mich am Telefon angeschrien. Ich war richtig froh, dass ich ihm nicht persönlich gegenüber stand. Irgendwann habe ich einfach aufgelegt.

Was ich aber sagen will, ist, dass ich dir glaube. So etwas Schreckliches denkt sich doch niemand aus, und ich traue Marduk so niederträchtige Handlungen durchaus zu. Auch dass Levi die Hosen voll hat, kann ich mir vorstellen. Das sind beides solche Feiglinge...

Dann möchte ich mich aber unbedingt bei dir entschuldigen. Wahrscheinlich kannst du nicht verstehen, warum ich dich nicht beschützt habe als grosser Bruder. Vermutlich kannst du auch nicht nachvollziehen, warum ich in Köln ebenfalls wie die beiden betrunken war. Es wird dir auch nicht viel helfen, wenn ich dir erkläre, dass ich genauso wie du Angst vor Marduk, aber auch vor Levi hatte. Ich war so ein Angsthase, dass ich mich nie getraut habe, mich gegen sie zu stellen. Oft habe ich gemerkt, dass sie dich quälten, und ich fand das nicht okay. Aber ich habe lieber mitgemacht als mir auch noch von ihnen Prügel einzuheimsen.

Auch vor Daniel hatte ich immer grosse Angst. Ich habe immer gehofft, dass wenn ich mich zu den beiden Brüdern halte, ich keinen Ärger bekomme. Das ging auch auf. Aber dir gegenüber war das überhaupt nicht fair, das weiss ich jetzt.

Und es tut mir sehr leid. Ich würde es jetzt gerne anders machen und die Vergangenheit ändern.

Vielleicht glaubst du mir aber, dass ich von den Vergewaltigungen wirklich nichts mitbekam. Ich war jeden Abend froh, dass sie mich einfach in ein Zimmer schickten. Dass du morgens neben mir lagst, habe ich natürlich bemerkt, aber ich habe gedacht, sie wollten dich einfach nur ärgern und deswegen herumscheuchen. Hätte ich gewusst, was sie mit dir machen, ich hätte sie umgebracht! Das musst du mir bitte glauben. Trotzdem sehe ich heute ein, dass ich zu naiv war. Ich hätte dich fragen sollen, warum sie dich herumscheuchen und ich hätte auf dich aufpassen sollen. Das tut mir heute sehr leid.

Wenn du möchtest, können wir uns gerne einmal treffen und über alles reden. Aber ich verstehe auch, wenn du mit mir auch keinen Kontakt mehr möchtest. Ich habe mich wirklich dir gegenüber grausam benommen. Sorry!

Ich wünsche dir von Herzen, dass du diese Sachen irgendwie verarbeiten kannst! Dass du mit Samuel irgendwann ein besseres Leben aufbauen kannst, denn ich glaube, Samuel ist wirklich ein toller Typ!

Liebe Grüsse, Jonathan"

Auch dieses Mal liefen bei Anna wieder die Tränen, aber dieses Mal aus Erleichterung. Schon wenige Tage später traf sie sich mit Jonathan in einem Kaffee. Sie reden lange, und sie sah in Jonathans Augen, wie sehr ihm alles leid tat und wie sehr er wegen ihr litt. Als er sie kleinlaut fragte, ob sie ihm wohl jemals verzeihen könnte, fiel sie ihm um den Hals und weinte.

Jonathan bekam kurz darauf eine Lehrstelle als Automechaniker und zog in eine WG. Er brach den Kontakt zu seinen Brüdern komplett ab. Auch mit Daniel wollte er nichts mehr zu tun haben. Nur mit seiner Mutter telefonierte er hin und wieder noch sporadisch. Aber Anna war so froh, dass wenigstens einer aus ihrer Ursprungsfamilie zu ihr hielt. Nun fühlte sie sich auch stark genug, mit ihrer Mutter den Kampf aufzunehmen.

Annas Mutter: Aufopferung, Opfer- oder auch Täter?

Zu ihrer Mutter und auch zu Daniel hatte Anna nach wie vor Kontakt. Denn auch wenn ihr nach und nach klar wurde, dass nicht alles optimal lief, hätte sie sich nie getraut, den Kontakt abzubrechen. Sie hätte ja sonst gar keine Familie mehr gehabt! Und sie glaubte, dass vor allem ihre Mutter sie doch sicherlich irgendwo trotzdem lieb hatte. Zudem sah sie ihre Mutter immer noch als aufopfernde Mutter von vier Kindern, die es nach dem Tod ihres leiblichen Vaters ja auch nicht einfach hatte und nun mit Daniel auch noch mit einem Alkoholiker verheiratet war, was für ihre Mutter ja auch nicht einfach war.

Aber jedes Mal, wenn sie bei den beiden zu Besuch war, fühlte sie sich ganz anders als zuhause bei Samuel. Mit Samuel konnte sie über alles reden, über vieles lachen und auch Gefühle zeigen. In seiner Gesellschaft fühlte sich Anna zunehmend wohl und ihr Selbstbewusstsein wuchs ganz allmählich. Doch bei ihrer Mutter und Daniel fühlte sie sich jedes Mal wieder wie ein kleines dummes Mädchen.

Als Anna das mit ihrer Psychologin, bei der sie mittlerweile in ambulanter Behandlung war, besprach und über die Beziehung und das Verhalten ihrer Mutter nachzudenken begann, war sie zuerst total verwirrt. Denn ihre Mutter war für Anna trotz allem immer eine Heilige, die sich für alle aufopferte und trotzdem so ein schweres Leben hatte. Anna war für ihre Mutter immer ein Problem, schon ihre Geburt war schwierig, dann musste ihre Mutter nachts oft aufstehen, und sie hatte immer Angst, Anna könne behindert sein, denn sie war ungeschickt und unsportlich... Anna fiel ein, dass sie mit 5 Jahren eine Brille bekam, weil sie schielte und sehr kurzsichtig war. Sie konnte sich noch gut an diesen Tag erinnern und an dieses tolle Gefühl, jede Treppenstufe zu sehen, sogar die Blätter am Baum, die nahenden Autos, es war so toll, endlich richtig sehen zu können! Oft hatte Anna dann wegen dem Schielen ein Auge verklebt, was andere Kinder natürlich lustig fanden... Wahrscheinlich lag Annas Unsportlichkeit zum Grossteil daran, dass sie unsicher war, weil sie einfach nichts gesehen hatte. Und als sie eine Brille hatte, musste sie natürlich aufpassen, dass sie ja nicht verkratzt würde, denn sie war ja teuer... Anna konnte nie einfach herumspringen, zuerst, weil sie nicht genügend sehen konnte, und dann, weil ihre Brille hätte kaputt gehen können. Aber anstatt ihr dies so zu erklären war es viel einfacher gewesen, sie als „entwicklungsverzögert", „überängstlich" und „ungeschickt" zu betiteln.

Im Kindergarten wurde Anna oft gehänselt, weil sie in die Hose machte und zuhause bekam sie Ärger wegen den dreckigen Kleidungsstücken. Dabei traute sie sich einfach nicht zu sagen, wenn sie musste... und sie traute sich auch nicht, auf das WC zu gehen, denn es könnte ja dreckig sein.

Denn ihre Mutter legte sehr grossen Wert auf Hygiene und daher wurden fremde Toiletten immer erst ausführlich gereinigt, bevor man sich drauf setzen konnte... Irgendwann begann Anna den Stuhl einzuhalten und hatte Verstopfung. Ab diesem Zeitpunkt wollte ihrer Mutter jeden Tag ihren Stuhlgang sogar sehen, und wehe, Anna konnte einmal nicht, dann drohte ihr ihre Mutter damit, dass sie ins Krankenhaus müsse, wenn sie jetzt nicht wenigstens ein bisschen etwas machen würde!

War Anna als Kind einmal traurig oder gar wütend, brach ihre Mutter meistens in Tränen aus, um Anna ein schlechtes Gewissen zu machen. Wenn Daniel sie schlug, war sie meistens selbst daran schuld, weil sie böse gewesen war. Anna dämmerte allmählich, dass gerade ihre Mutter für sie eine ganz wichtige Rolle spielte. Ihre Mutter hatte sie manipuliert, indem sie ihr ständig ein schlechtes Gewissen einredete. Dabei stellte sie Anna oft als behindert dar, um ihr eigenes Opferimage aufzuwerten.

Als Anna verstand, dass sie gar nicht böse war, dass sie gar nicht schuld an der ständigen Traurigkeit ihrer Mutter war, dass sie gar nicht behindert war, und dass sie durchaus Liebe und Wertschätzung verdient gehabt hätte, wurde sie sehr traurig. Es schmerzte, zugeben zu müssen, dass sie einfach nur falsch behandelt wurde und sich als Kind ja gar nicht wehren konnte. Natürlich verstand Anna, dass ihre Mutter ihr nicht mehr Liebe geben konnte, weil sie in ihrem eigenen

Leben zu wenig erfahren hatte. Diese Erkenntnisse taten Anna zunächst sehr weh. Gleichzeitig befreiten sie sie von diesen unangenehmen Gefühlen.

Lediglich in einem Punkt hatte ihre Mutter Recht: Dass Anna tatsächlich psychisch krank geworden war. Herzlichen Glückwunsch an Annas Mutter zu dieser sich erfüllenden Prophezeiung! Zeigt dies, dass sie sich heimlich doch bewusst war, dass sie Anna mit ihrem Verhalten langfristig schadete?

Eines Abends legte sich Anna in die warme Badewanne und dachte über ihre Familie nach. Sie wurde wütend auf sich selbst und hätte sich am liebsten wieder geritzt. Plötzlich ging ihr auf, dass sie diese Wut doch gar nicht verdient hatte. Denn sie hatte doch gar nichts Böses getan. Im Gegenteil, als Kind hatte sie sich so bemüht, ihrer Mutter immer alles Recht zu machen. Dass es ihrer Mutter trotzdem nicht recht war, war ja wirklich nicht ihre Schuld!

Nachdem die erste Wut und Traurigkeit über ihre Mutter verflogen war, dachte Anna über eine mögliche Versöhnung nach. Dazu vereinbarte sie ein Familiengespräch mit Daniel und ihrer Mutter bei ihrer Psychologin. Auch Samuel war natürlich dabei. Weil Anna trotzdem sehr nervös war, bat sie auch Pfarrer Lutz, an diesem Gespräch dabei zu sein, und er sagte ganz selbstverständlich zu.

In diesem Gespräch erklärte Anna ihrer Mutter, dass sie sich als Kind von ihr schlecht behandelt fühlte und dass sie sich mehr Liebe und Wertschätzung erhofft hätte. Sie konnte ihr erklären, dass sie nicht verstehen könne, dass ihre Mutter ihr Leid nie bemerkt hatte und sie vor Schlägen von Daniel nie geschützt hatte. Auch gestand sie ihr, dass sie von Marduk missbraucht worden war und dass Daniels Alkoholsucht ein Problem für sie war. Mutig schaffte es Anna, alle ihre Punkte zu benennen. Samuel drückte ihr während dem Gespräch öfter beruhigend die Hand, und Pfarrer Lutz zwinkerte ihr mehrmals aufmunternd zu. Als sie endlich alles losgeworden war, reagierte ihre Mutter ganz anders als erwartet.

Mit Tränen in den Augen drückte sie aus, wie leid ihr alles täte. Sie hoffte, dass Anna trotzdem merke, dass sie sie doch sehr lieb habe. Total erschüttert war sie über die Missbräuche von Marduk und über das Verhalten von Levi, denn natürlich hatten die beiden Brüder ihr nichts davon erzählt. Selbst Daniel war darüber sehr wütend und erschrocken. Beide vermittelten Anna, dass sie ihr glaubten und dass sie alles tun würden, damit sie eine bessere Beziehung aufbauen könnten.

Als sich Daniel rausreden wollte, dass er seinen Alkoholkonsum im Griff hätte, stellte sich Annas Mutter sogar hinter ihre Tochter und erklärte Daniel mutig, dass sie durchaus finde, dass dies ein Problem sei. Daniel versprach, darüber nachzudenken.

Nach dem Gespräch war Anna total erleichtert und stolz auf sich. Auch Pfarrer Lutz sprach ihr seine Anerkennung aus.

Doch ganz so einfach, wie es sich an diesem Tag anfühlte, sollte es doch nicht werden. Zwar gaben sich beide grosse Mühe, doch immer wieder kamen bei Anna Gefühle der Minderwertigkeit, der Wut auf sich selbst und der Druck, alles richtig machen zu müssen, auf, sobald sie mit ihrer Mutter und Daniel zusammen war.

Auch hielten beiden nach wie vor zu Annas Brüdern, und meinten lediglich, dass sie das alles nichts anginge, was zwischen ihr und den Brüdern falsch gelaufen war. Da war Anna doch sehr enttäuscht, denn sie hatte heimlich doch gehofft, dass sie ihren Brüdern die Leviten lesen würden.

Und doch gab sich Anna immer wieder Mühe, ihrer Mutter zu vergeben. Denn sie hatte sie lieb und alles hatte ihre Mutter ja auch nicht falsch gemacht. Letztendlich war ihre Mutter auch nur ein Opfer ihrer eigenen Kindheit gewesen und es war ihrer Mutter einfach nicht möglich gewesen, diese Kette zu durchbrechen.

Anna musste lernen, sich innerlich so von ihrer Mutter zu lösen, dass sie innerlich erwachsen und frei werden konnte. Natürlich wollte ihre Mutter aus Angst, ihre Tochter zu verlieren, sie an sich festketten. So lud sie Anna nahezu jede Woche zu sich ein. Wäre Samuel das nicht auf die Nerven gegangen, dass Anna sich so vereinnahmen liess, hätte es Anna es wohl nicht geschafft, hier Grenzen zu ziehen. Doch so war es ihr irgendwann möglich, ihrer Mutter klarzumachen, wann es für sie in Ordnung war...

Sie musste sich immer wieder sagen, dass sie jetzt erwachsen und in Sicherheit war. Nun stand als letztes noch die Beziehung zu ihrem Stiefvater Daniel auf der Bearbeitungsliste.

Väterei: Leiblicher Vater, Kirchenvater, Stiefvater, Schwiegervater, Ersatzvater, himmlischer Vater…

Anna war sich bewusst, dass sie bereits als Kind, nachdem ihr leiblicher Vater gestorben war, sich sehr nach einem liebevollen Vater gesehnt hatte.

Ihr leiblicher Vater, Axel Baruti, hatte es vermocht, ihr Liebe zu geben. Wie gerne sass sie als Kind auf seinem Schoss, schmiegte ihren Kopf an seinen Hals und genoss es, wenn er ihr ein Märchen vorlas. Oder wenn sie mit ihm unterwegs war, und ihre kleine Hand von seiner fest umschlossen wurde, dann fühlte sie sich immer beschützt. Doch dieses Glück hatte sie viel zu kurz… Als ihr Vater gestorben war, fehlte er ihr sehr. Denn von ihm hatte sie sich immer geliebt und verstanden gefühlt.

Als sie bei Pastor Dugald einzogen, betrachtete Anna diesen zuerst als eine Art Vater. Es gab ja sonst keinen Mann in ihrer Familie. Doch Pastor Dugald vermittelte Anna nur, dass sie als Mädchen minderwertig und schmutzig sei und sich ein Vorbild an ihren tollen Brüdern nehmen müsse. Dass sie zudem nur eine Belastung für ihre Mutter sei. Ausserdem missbrauchte er sie mehrmals. So war Anna sehr froh, als sie endlich bei Daniel in seine Villa einzogen und sie so der Hölle des Kirchenvaters entkam.

Doch Daniel, der ihre Mutter heiratete und dadurch Annas Stiefvater wurde, betrachtete sich lediglich als „Erzieher". Er wertete sie ab, wo er nur konnte, zog eindeutig ihre Brüder vor und schlug sie darüber hinaus. Er hatte ja sogar einmal versucht, sie zu missbrauchen, was ihm zum Glück ja misslungen war. Annas einzige Beziehung zu ihrem Stiefvater bestand aus seinen Schlägen und Abwertungen und konnte ihre Sehnsucht nach einem liebevollen Vater nicht stillen.

Samuels Vater wohnte leider weit entfernt. Als sie und Samuel ihn einmal besuchten, merkte sie schnell, dass er ein total lieber Mann war. Leider war er bereits alt und auch krank und lebte in einem Pflegeheim. So hatte sie zwar einen Schwiegervater, aber auch er konnte ihr die Sehnsucht nach einem liebevollen Vater nicht stillen, so gerne er dies gemacht hätte. Aber er war wegen seiner Krankheit leider dazu nicht in der Lage.

Eines Tages schilderte Anna ihre ungestillte Sehnsucht in einem Mail an Pfarrer Lutz:

„Lieber Pfarrer Lutz

Gestern hatte ich Psychotherapie. Meine Therapeutin sprach an, warum ich mich immer so komisch fühle, wenn ich mit meinen Eltern zusammen bin. Leider war die Stunde dann vorbei, denn mich würde vor allem interessieren, warum ich immer so eine Sehnsucht nach einem Vater habe. Denn eigentlich habe ich in Daniel ja einen Vater, ich hatte bis ich 9 Jahre alt war, einen richtigen Vater, ich habe einen Schwiegervater- warum also fehlt mir ein Vater?

Oft stelle ich mir irgendwelche Männer als Väter vor, dieser Gedanke hilft mir oft beim Einschlafen. Aber ich verstehe es nicht...

Zudem hatten wir es davon, dass möglicherweise psychische Schäden übrig bleiben werden. Das hat mich nicht gerade motiviert, denn ich habe grosse Angst, dass die wenigen Menschen, die mich mögen, es dann irgendwann nicht mehr tun werden

Liebe Grüsse, Anna"

Pfarrer Lutz antwortete ihr zwei Stunden später:

„Liebe Anna

Dass ich dich einmal nicht mehr mögen werde, kannst du vergessen. Ich schätze dich sehr und daran wird sich auch nie etwas ändern!

Trotzdem glaube ich, dass es bei dir noch besser werden wird.

Deine Sehnsucht nach einem Vater kann ich sehr gut verstehen. Du hattest ja nach dem Tod deines richtigen Vaters keinen mehr. Daniel ist ja auch kein richtiger Ersatz, denn er war ja nie wirklich für dich da.

Ich bin übrigens auf deine Entwicklung und deine Fortschritte sehr stolz! Du machst das wirklich toll!

Herzliche Grüsse, Pfarrer Lutz"

Anna konnte es kaum fassen, dass Pfarrer Lutz geschrieben hatte, dass er sie sehr schätzt... Ihr wurde es sehr warm ums Herz. Überglücklich schrieb sie zurück:

„Lieber „Papi" Lutz

Darf ich Sie so nennen?

Dankeschön, dass Sie mich mögen. Ich kann es ja kaum glauben, aber ich geniesse es einfach!

Liebe Grüsse, Anna"

Ungeduldig wartete sie nun auf seine Antwort, denn sie war sich sehr unsicher, ob sie nicht mit ihrer Frage zu weit gegangen war. Andererseits hatte sie den weisshaarigen Mann sehr lieb gewonnen, und das wäre ja ein Traum, wenn er tatsächlich ihr Vater wäre. Das wäre schön... Endlich kam seine Mail:

„Liebe Anna

Natürlich darfst du mich so nennen, wenn es dir gut tut. Ich fühle mich sogar geehrt! Und selbstverständlich musst du mich auch nicht mit Sie und Pfarrer Lutz anreden. Nenne mich einfach „Papi", wenn du magst, oder auch bei meinem Vornamen Gabriel.

Herzliche Grüsse, Gabriel"

Anna konnte es kaum fassen. Endlich gab es jemand, der für sie da war und auch noch ihr „Papi" sein wollte... Wie lange hatte sie sich danach gesehnt, einen „Papi" zu haben. Und nun endlich, war ihr Wunsch in Erfüllung gegangen.

Nach der langen Zeit ihrer Krise fühlte sich Anna plötzlich geliebt, glücklich und geborgen.

Sie erzählte Samuel ein wenig beschämt davon, denn eigentlich dachte sie, sie wäre schon ein wenig zu alt für solche kindischen Phantasien. Doch Samuel reagierte ganz anders als erwartet. Er grinste über das ganze Gesicht und drückte sie ganz fest an sich: „Schatz, ich freue mich so für dich".

Glücklich schmiegte sich Anna an ihren Samuel an. Ja, trotz allem, was geschehen war: sie konnte doch immer noch glücklich sein. Doch wenige Augenblicke später riss Samuel sich erschrocken los. Anna fragte überrascht: „Sammy, was ist? Passt..." Samuel schaute sie ernst an: „Anna, wegen deinem neuen Papi haben wir nur ein Problem: Wer soll denn dann unsere Hochzeit halten, wenn er zur Familie gehört?"

Anna schaute ihn perplex an. „Wieso, Hochzeit...?" Da begriff Samuel, was ihm herausgerutscht war. Er errötete und stotterte: „Ja, Anna, ich wollte dich schon seit einiger Zeit fragen, aber ich wusste nicht recht, wie... Ich habe immer auf den richtigen Moment gewartet, aber... Ich habe mich einfach nicht getraut, zu fragen... Was sagst du dazu?" Nachdenklich schaute Anna ihn eine Weile an, während Samuel vor Angst, sie könnte nein sagen, das Herz in die Hose rutschte. Plötzlich erhellte sich Annas Miene: „Sammy, du willst mich wirklich heiraten?" Samuel nickte eifrig. „Mich? Mich, Anna Baruti? Die kleine behinderte, dumme, hässliche Anna?" Da schüttelte Samuel den Kopf: „Nein, nicht die kleine, behinderte, dumme, hässliche, ungeliebte und was weiss ich, was du noch alles schlechtes über dich denkst. Ich möchte meine geliebte, hübsche und zauberhafte Anna heiraten und ich kann mir nichts Schöneres vorstellen, als mit ihr gemeinsam alt zu werden. Anna, möchtest du meine Frau werden?" Tränen schossen Anna in die Augen, die Stimme versagte. Sie konnte nur ganz eifrig mit dem Kopf nicken und dann Samuel ganz fest in die Arme nehmen und drücken. Irgendwann hauchte sie überglücklich: „Ja, Sammy, ja...!"

Epilog

„Annele, Benny, Essen ist fertig!"

Mit lautem Gebrüll stürmt ein blondgelocktes Mädchen in einem rosa Kleid an Anna vorbei zum Esstisch. Kurz danach tapst ein kleiner Junge mit kurzen blonden Stacheln hinterher und streckt Anna die Arme entgegen: „Mama, och!" Anna lächelt ihn liebevoll an, hebt ihn unter den Armen hoch, drückt ihm einen dicken Kuss auf seine zarte Babywange und setzt ihn sorgsam in den Hochstuhl. „Mami, wann kommt der Papa?" fragt das quirlige Mädchen gespannt. „Annele, der Papa kommt heute erst spät, weil er noch einen wichtigen Termin hat. Aber Opa kommt nachher zum Kaffee vorbei." Benny jubelt: „Oba, oba...!" Auch Annele strahlt: „Au ja, vielleicht bringt er mir dann endlich die Schildkröte mit, die er mir versprochen hat!" Anna grinst und meint: „Ja, aber jetzt wollen wir erst einmal essen, damit wir auch fertig sind, bis der Opa kommt. Okay?"

Als es endlich an der Tür klingelt, ist Annas Küche schon aufgeräumt und Benny sogar schon vom Mittagsschlaf erwacht. Annele rennt zur Tür und öffnet sie. Draussen steht Pfarrer Gabriel Lutz und nimmt Annele liebevoll in seine Arme. Mit Annele auf dem Arm schliesst er die Türe hinter sich und begrüsst dann Anna mit einer herzlichen Umarmung und streichelt Benny voller Zuneigung über den Kopf.

Nachdem Anna und Pfarrer Lutz mit den Kindern noch draussen die Sonne genossen und auf dem Spielplatz getobt hatten, sitzen die Kinder mit roten Backen am Esstisch, als endlich auch Samuel nach Hause kommt. Annele steht sofort vom Esstisch auf und rennt auf ihren Papa zu, der sie durch die Luft wirbelt. Dann nimmt er auch endlich Benny aus dem Hochstuhl, der ihm schon sehnsüchtig seine Arme entgegen streckt: „Papa, Papa, Arm!" Anna lässt ihren Blick über ihre Familie streifen. Sie betrachtet ihre Erstgeborene Ann-Samina, die bis auf den Namen keine Ähnlichkeit mit ihrer Mutter hat. Darüber ist Anna sehr froh, denn Ann-Samina ist das vergönnt, was Anna früher vermisste: eine harmonische Familie mit einer fürsorglichen Mutter und einem liebevollen Vater. Dann schaut Anna liebevoll ihren Kleinen Ben-Joël an, der mittlerweile bei Samuel auf dem Schoss sitzt. Manchmal sticht es Anna ein wenig, wenn sie sieht, wie liebevoll Samuel mit ihren Kindern umgeht. Doch bevor sie darüber traurig wird, schaut sie schnell zu Gabriel Lutz hinüber, ihrem „Papi". Nein, es gibt für Anna wirklich keinen Grund mehr, traurig zu sein:

Sie hat einen liebevollen Mann, zwei glückliche und selbstbewusste Kinder, einen „Papi" der immer für sie da ist. Auch mit ihrer Mutter hat sie mittlerweile eine sehr gute Beziehung, und sie ist auch eine sehr fürsorgliche Oma. Sogar Daniel gibt sich mittlerweile sehr viel Mühe, spielt mit Benny Ball oder mit Annele Duplo-Eisenbahn. Zweimal die Woche kommen ihre Mutter und Daniel zu ihr und passen auf die Kinder auf, damit Anna ihre Ausbildung zur Fachangestellten für Medien und Informationsdienste machen kann. Diese Lehre absolviert sie in Teilzeit in der Bücherei, in der sie als Jugendliche schon oft gewesen war. Zu Jonathan, der der Pate von Ann-Samina ist, besteht eine herzliche Verbindung. Anna ist davon überzeugt, dass Gott in Bezug auf Vergebung mit ihr einverstanden ist. Denn sie hat bei allen Tätern versucht, auf sie einzugehen. Und je nach Reaktion konnte sie sich mit ihnen versöhnen oder nicht. Und das ist von jemandem, der misshandelt, missbraucht und sogar vergewaltigt wurde, wohl mehr, als selbst Gott von einem Menschen erwarten kann.

Ende

Herstellung und Verlag:
BoD - Books on Demand, Norderstedt
ISBN 978-3-8482-2451-7